赵瑜 著

一碗面里的乡愁

河南文艺出版社

·郑州·

图书在版编目(CIP)数据

一碗面里的乡愁/赵瑜著. —郑州:河南文艺出版社,2020.9

ISBN 978-7-5559-0936-1

Ⅰ.①一⋯ Ⅱ.①赵⋯ Ⅲ.①散文集-中国-当代②通心粉-制作 Ⅳ.①I267②TS213.24

中国版本图书馆 CIP 数据核字(2020)第 092306 号

策　　划	杨　莉　张恩丽
责任编辑	张恩丽
书籍设计	张　萌
责任校对	丁淑芳
责任印制	陈少强
插图摄影	大树空间

出版发行　河南文艺出版社
本社地址　郑州市郑东新区祥盛街 27 号 C 座 5 楼
邮政编码　450018
承印单位　河南瑞之光印刷股份有限公司
经销单位　新华书店
纸张规格　890 毫米×1240 毫米　1/32
印　　张　6.5
字　　数　121 000
版　　次　2020 年 9 月第 1 版
印　　次　2020 年 9 月第 1 次印刷
定　　价　39.00 元

印厂地址　河南省武陟县产业集聚区东区(詹店镇)泰安路
邮政编码　454950　　电话　0391-2527860

序　为什么要为一碗面写一部书

一个偶然的机会，我和河南电视台的一个朋友一起去跟踪拍摄一批非物质文化传承人。

河南滑县八里营镇张路寨村一户手工制作空心挂面的人家吸引了我。他们采用的手工制作工艺，源自唐宋，而他们村庄现在的手艺，差不多有三代或者四代人的传承，也有上百年的历史。这些非物质文化传承人，用传统工匠的精神做出了口感绝美的手工空心挂面，他们从选面粉到做出空心挂面，中间经历数十道工序，每一道都是有意味的传统文化。

这些手工挂面，细如发丝，却每一根都是空心的。这是一种审美的面条，这种挂面，在当地也是被人买了给老人和幼童吃的。这种挂面，几乎是做挂面的人用自己的时间和精神做出来的艺术品。

一些外出工作的人，每年回到家里都会购买大量的手工空心挂面，再带到他们生活的城市。对已经离开故土的河南人来说，面条似有一种乡愁在里面。

在此之前，我从来没有觉得做一碗面条有如此复杂的感情和神圣的仪式感在里面，而在滑县，我被这些做手工挂面的匠人教育了，我觉得他们对食物的感情远远大于世俗社会对日常食物的理解。

他们既做了手工挂面卖钱，同时，也有着一种对古老技艺的感恩。

这一批做手工挂面的人，与这个快捷的时代几乎是脱节的，他们用慢节奏的耐心在做一碗我们熟悉不过的面食，他们才是我们这个时代最缺少的匠人。

所以，我要写一写他们的生活和精神世界。给中国，乃至世界展示一下，我们是如何对待一碗面的，是如何对待生存和生活的。

关于手工艺人或者底层民众的生活类书写，其内容缺乏市场上耀眼的内容，但是，他们是有价值的观察对象，是中国将生存和美学结合得最为完美的人。如果这个世界上没有工匠，那么，我们的民族和传统将会被快捷的物质腐蚀和淘汰，我们自己的历史也会渐渐变得模糊和苍白。所以，记录下来每一个工匠的日常生活，也就记录下了我们民族的一小段历史。作为中国粮食以及面食量最大的省份，我们河南缺少一部对面食进行细节书写的文学作品。而这样的作品，需要深入生活、深入这些手艺人的日常中去采访、去体会，这些都需要时间和资金的支持。

这部作品如果采访充分、写作时间充裕，应该可以创作成一部具有社会学意义和美学意义的作品。这部作品既有河南人文底蕴，又有传统文化的寻根意味。"面"这个字眼，差不多是整个北方的密码，而对中原来说，一碗面就是一封家书、一声母亲的呼喊。这部记录手工空心挂面的文学作品，将努力打捞属于我们这个时代的乡愁。

目　录

第一章　麦收记忆

一

面条是和母亲关系密切的食物。

对北方人来说，回家里吃饭，几近一种特指，是吃母亲的手擀面。这是一种不需注释的默契：在黄河以北的更为广泛的区域，包括但不限于山西、山东、河南、河北，均是在中午的时候吃面，面为正餐。而早餐和晚餐则是吃稀饭。

在豫东乡下，晚饭后的人们相互的问话是："喝汤了吗?"晚上的时候，大多数人家喝的是一种面糊，或者煮几块红薯、南瓜。因为是稀汤，所以问话是诚实的。

而早餐后的问语则更为简略，基本是两个字："几碗?"因为豫东人的早餐，在相当长的时间里，是固定喝一种玉米糊，唤作

"糊涂"。问人几碗，就是，你喝了几碗糊涂。

而只有中午的时候，见面才会说，该回家吃"饭"了。饭特别重要。饭在黄河以北的大部分区域里，指的是一碗汤面。

面在相当长的时间里统治着我的记忆。关于饥饿，我会想到我爷爷吃馒头的姿势，一般都是一只手拿着馒头，另一只手在下面接着馒头碎屑。那时候，乡村人给这些吃馍时掉落的渣起了一个好听的名字，叫作"馍花"。是馍馍开出来的花。

在我成长的 20 世纪 80 年代，小麦有一半是要无偿地缴给国家的，叫作缴公粮。每一户人家，缴完公粮之后，所余的麦子不能支撑一个家庭全年吃上面粉，所以，渐渐地，乡村世界将小麦面粉与玉米面粉起了不同的名字。小麦面粉叫作"好面"，而玉米、大豆、高粱之类的面粉，叫作杂面。

将一种面粉称作"好面"，这是一种主观且有意识的分类。在二元对立的教育语境中成长的我们，对麦子的感情可想而知。

那时候的面粉是要过一种细罗的。尤其是做面条用的面粉，不过细罗，那么，过粗的面粉做出来的面条易断，不筋道。所以，如果在乡村世界里长大，遇到一种细雨的时候，父母亲会告诉我们，这雨叫作罗面雨。这比喻又一次让我们记住了面粉的珍贵。

如果面食对应的是母亲，那么小麦对应的是父亲。

父亲带着我和哥哥将收割好的小麦拉到场里。"场"字读第二声，在河南省的东部乡村，"场"是一个每年都要建设的平地项目。

收麦子，对农民来说，是一次战争。多年以后，母亲在郑州帮我们带孩子，某个夏天的中午，母亲坐在客厅里，对着我突然说了一句："顺，看看外面的天多热，我的腰就今天特别酸疼。"因为，如果是在老家，这个时候，又该到地里收麦子了。

已经在城里住了很久的母亲，只要一想起收麦子，她的腰就会酸疼，甚至，两腿还会发软。

我的母亲因腰椎受伤，不到六十岁，便有些弓腰。这自然是年轻时农活儿过重，劳累所致。母亲说，她这一生，弯腰的次数就像我们家麦田里麦穗的数量一样多。种植，浇水，收割。割草，施肥，打药。她的前半生，是往泥土里浇灌自己的生命，养育了我们兄妹几人。就是这样，母亲用她身体的创伤时时在警示我们的出身。看到母亲，我就会想起一段饥饿且贫乏的日子。

二

　　小麦在灌浆期过后，便是孩子们的美食了。嫩麦粒，先是一揉一股水，像是颗粒细微的小麦果浆一般。每年的 5 月上旬，小麦开始灌浆，这个时候，在麦田里，随手摘几穗小麦揉一下，便可以吃到饱满的青麦粒。那麦粒的味道，像是春天早晨的一声鸟鸣，会叫醒我们的身体。

　　气温在每年 5 月的下旬升得很高，那像火一样的炙烤，对小麦的成长至关重要。所以说，在幼小的年纪，我们便懂得了万物生长的规律。像小麦这样，经冬，经春，又经夏，最终成为我们的口粮，才会让我们在食用的时候有丰富的感受。

　　豫东乡村，收割麦子大多在 6 月初，正是盛夏，太阳暴烈。越是这个时候，越要抢收。因为老家有句谚语，说"六月的天，说变脸就变脸"。意思是，6 月天性格不稳定，常常上午烈日灼心，下午暴雨即至。

　　麦子黄了以后，留给农民们收割的时间不多，如果谁家里的劳力少，这个时候，村子里人口多的人家，会帮他们收麦子。邻人若不帮忙，那麦子便会焦在地里。焦，是成熟的程度。焦了，自然是麦穗饱了之后，经太阳暴晒，然后，麦粒从麦穗中绷出来。

即使麦粒体谅主人，性格温和，暂时耐心地待在麦穗里，还要担忧暴雨，如果麦收时正遇一场大雨，农民是要蹲在麦田里骂老天爷的。不但地头的场无法用石磙碾了，麦子还会大面积倒伏。不但增加了收割的难度，更重要的是，麦粒在暴雨的冲刷下，总会有一部分散落在麦田里。

割麦子对于我们这些孩子来说是兴奋的。因为麦田在变化，一上午，镰刀割了一亩多地，我们的视野开阔了。坟茔露了出来，浇地用的井眼露了出来，还有一片夹种在麦田里的西瓜地也露了出来。夜晚的时候，我们这些孩子，自然是要偷瓜吃的。

看瓜的爷爷自然知道是我们，在瓜庵里咳嗽，收音机里播放着刘兰芳的评书，我们一群孩子听得入了迷，竟然忘记了偷瓜的事。

镰刀在这之前，已经在墙上闲置一年了，生了锈。父亲提前一个晚上在家里磨镰刀。不只是父亲在磨镰刀，邻居家叔叔伯伯们都在磨镰刀。那一天晚上，连村子里的狗叫声都停了下来。全村只有磨镰刀的声音。

第二天一早，我们一群孩子去拿着镰刀看的时候，父亲抢在我们前面将镰刀用化肥布袋装了，并扎了口，说，小孩子不能拿镰刀；又说，前村的李木匠的老大，拿着刚磨好的镰刀玩，不小心将自己的小鸡鸡割掉了。

大人们就是这样狭隘，总是觉得我们这些小孩子这也不懂，那也不小心。他们不知道，我们私下里早就学会游泳了。可是，有时候，他们去收麦子，还会要求留在家里的我和哥哥不许到后面的大坑里玩水。怕我们不听话，还会在我们的肚子上用白石灰画一条线做记号。

天那么热，我和哥哥当然会去大坑里玩，还有，不去大坑，怎么和赵四儿他们商量下午去南地里挖田鼠洞的事情呢？

挖鼠洞，这是每一年都要做的事情，谁家的麦子收割了，那么，我们便会到他家的地里去挖田鼠洞，那时候，捡麦穗和挖田鼠洞是我们最愿意做的事情。捡的麦穗给父亲，会得到他的夸奖，而挖田鼠洞呢，有时候直接会挖到几麻袋麦子。

那些田鼠在麦粒刚刚灌浆饱满的时候，不停地将麦子一粒粒地剥开，就着月光拉回到它们精心修建的鼠洞中，以备秋天或冬天食用。然而，我们在收割完的麦田里，一垄一垄地查看田鼠的洞眼。

也会问询父亲和其他长辈，究竟该如何识别鼠洞。鼠洞的入口处一般比蚁穴及其他虫子的要大一些。鼠洞的洞口一般是倾斜的，不小心会被人或者风给堵上，所以，拿一把铁锹最好，不时在地里挖上一下。

不小心正好探到一个鼠洞，那么，就要沿着洞的通道一直挖。这些田鼠打洞的技术非常完美，有时候，一条洞挖着挖着，变成了两个。那么，我们朝着其中的一个挖过去，挖了半天，发现，原来是田鼠做的一条假的洞穴，或者是一个备用的窝，暂时还没有启用。于是又回过头来，继续挖另一个通道。我们几个人一起干活儿，一个累了，另一个继续。挖了整整一下午，天凉快了，终于挖到了粮食。除了麦子，竟然还有花生和红薯。

我们几个小伙伴，坐在那里，先将花生剥了壳吃了，然后呢，开始往麻袋里装麦子。

结果装满了一袋麦子，竟然又挖到了一个大的洞穴。因为这个田鼠的洞穴实在是太大了，我们几个孩子不敢再挖了，于是叫了家长。

父亲和几个叔叔一起过来看，发现了宝藏似的，他们像醉了酒的人，大声地笑，说几个孩子立了大功，这个田鼠的洞是去年他们挖了半天最后还是没有找到的那个。这里面的粮食，差不多相当于半亩地的收成。

那天晚上，父亲和叔叔们在场地里喝酒，用挖鼠洞得来的粮食换了很多油条，我们这些立了功的小孩子，随便吃。那天晚上，我们别提有多开心了。

三

长到能割麦子的年纪，父亲便会让我认一把镰刀。认一把镰刀呢，就好像和镰刀建立了某种亲属关系。父亲说，自己的镰刀呢，要自己磨。

于是我喜欢上了磨镰刀。去地里割麦子的时候，我割几下，便觉得镰刀不快了，就去地头的磨刀石那儿磨镰刀。我和哥哥是分好了任务的，谁割完得早，便可以到地头的树下面乘凉。哥哥自然割得快一些。我呢，割到了一半的时候，被太阳晒得头有些发晕。我说头晕，他们让我到地头的小河里去捧着喝几口水。那时节的乡下，河水是清澈的，但也只能上午饮用，中午时会有人洗澡，下午的时候，水便不能喝了。

我自然是不喜欢喝那条被我尿过多次的河里的水，我一直在计算着时间，知道，再过一会儿，卖冰糕的胖子便会来了。

我弯着腰，又挥了几下镰刀，又一次站起身来，看着暴烈的太阳，说，娘："我快热死了，想吃冰棍。"我的话音刚落，卖冰棍的便来了。他的冰糕箱子上印着矛盾牌洗衣粉字样,外面呢,搭着一个脏兮兮的被子。胖子说,冰棍有一毛的,有五分钱的。胖子还说,一毛钱的是井水做的,五分钱的是河水做的。

母亲自然是不舍得给我们买一毛钱的,她的理由充分,井水,回到家里不用一分钱就可以喝啊。母亲给我和哥哥一人买一个。我坐在树荫下面吃冰糕,吃得很慢。我不舍得一下子吃完,因为太阳太大了。我吃完冰糕,就意味着,又要到太阳下面干活儿。等我吃完了,我发现,母亲早已经将我剩下的麦子割完了。

我们家里的地有四块,南地一块,寨外一块,北地两块。一般人家都会选择在离家最近的一块地的地头打一个场。"打场",是用石磙将地头的一块方正的地碾得平整了,然后,将其他地块的麦子割了,全都拉到这个场里。再然后呢,依然和碾场的程序一样,借一头牛拉着石磙来碾小麦。

那时候乡村真是贫穷,不是每一家都养得起牛的。比如村东南的几户人家里,只有五爷家有一头牛。如果我们家要借五爷的牛,就要提前排队,将喂牛的玉米或者大豆送过去,等排到我们,一大早,父亲就会叫醒我,让我和他一起去牵牛。

从五爷家里牵了牛出来以后,我便骑在了牛身上。只可惜,天色太早了,我骑在牛身上的样子,没有一个小伙伴瞧见。所以，我有些微的失落感。不过，这并不影响我晚饭的时候对着其他伙伴吹牛。

与麦子有关的农活儿，都充满了审美。

寨外的麦场打好了以后，我们家会先将北地里的麦子割了，然后用架子车拉到寨外的场里，晾晒几天，便开始碾场。

我和哥哥的用途在于装车时要负责踩车。因为路途颇远，大人们总想一车拉得多一些。开始装车的时候，父亲会将架子车底部的麦秆摆放得整齐均匀。等到了一定的高度，便会让我们这些小孩子上到架子车上来，父亲用麦杈往架子车上送一杈麦子，我便要上前用脚踩结实了，这样一车可以拉很多麦子。几亩地小麦收割完了以后，几车便拉完了。

但踩车这样的活计对于像我这样的孩子也是有挑战性的，如果重心没有掌握好，很有可能一脚踩偏了，便从车上一跟头栽下来。后街的一个孩子就很倒霉，从麦车上摔下来以后屁股先坠地，不偏不倚的，坐在了铁杈上，收获两个很大的洞，听说孩子哭了三天。

所以，在乡村世界，活着除了卖力干活儿，还要懂得躲避灾难。

我呢，从来都是踩车的高手。有时候，哥哥踩的车子，父亲装车的时候装得不均匀，哥哥呢，没有提醒父亲，结果车装得偏重了。左边的麦子多，右边的少了两杈。拉到半路的时候，车子侧翻在路边的沟里。

父亲气得大骂哥哥，于是，那天晚上，哥哥一个人在厨房里坐了很久。母亲给我们煮的鸡蛋，一人一个，哥哥好像也不好意思吃了，就那样看着那个鸡蛋很久。我很想过去抢着吃了，可是，我走到哥哥面前的时候，还是劝他吃了，不然，明天没有力气踩车。哥哥像是看透了我的心思似的，剥开来，一口吞下了，直咳嗽。

收麦子的时候，大人们的脾气都不好。私下里，我们这些小伙伴都商量好了，在收麦的这些日子里，不敢和父母吵架。因为，这些日子就是他们爱打孩子的日子。

对门的赵四家里，每天都要打一顿孩子。因为他们不是争吃的东西，就是在地里的活儿不能平均分配。

拉完麦子自然是要拾麦穗，地里会有一些掉落的麦穗。我和哥哥负责挖我们地里的田鼠洞，母亲在地里捡麦穗，父亲呢，在南地里看麦子。不知道为什么，每一年，都是北地的麦子先熟，而南地晚几天。如果要碾麦子，是把几块地里的麦子一起碾了，这样借五爷家的牛，也值当给他们送去半袋玉米。

这自然是大人们的盘算，我们这些小孩子呢，在这样的间隙，终于可以挖鼠洞，到大坑里捉鱼，甚至晚上的时候借着捉迷藏的机会，跑到树林外的菜园子里偷西瓜和黄瓜吃。

麦收时的村庄燥热，彼时的乡村，电线还没有架好，还没有完全通电。只有大队院子里有电，多数人家还点煤油灯照明。

晚上的时候，没有电，热像一个洒水的孩子，往村庄的每一个人身上均匀地洒汗水。盛夏的乡村，晚上很少有人家动火，中午做的面条，放到了下午，变得凉了，用捣碎的蒜泥一拌，便成了美味的凉面。

晚饭后的乡村世界像一个集市，树林里有大人们在说张家媳妇怀孕的时间如何不对，河边洗衣服的婶子们在讨论李寡妇晚上到底为什么哭个不停，我们这些小孩子吃饱了饭，相互追逐着骂对方的亲人。

等到狗不叫了，树林里的人散了，家家户户的人陆续拿着凉席和草毡出来睡觉，一时间，路边、河边以及树林里，睡的都是人。

我和赵四儿他们玩捉迷藏，我就藏在辛勤哥家的羊圈里，大概疯玩得太累了，头一挨着墙便睡着了，等天亮时，发现身上全是羊拉的屎蛋蛋，才想起昨天晚上躲到了这里。是笨蛋赵四儿找不到我，才害得我一身羊骚味，所以，我对赵四儿的笨，很是生气。

四

碾场对于村里人来说，是一件非常具有仪式感的事情。

在拖拉机普及之前，不论是播种、犁地、耙地，还是打场碾场，都是用牛作为劳动工具的。五爷家的牛在夏天像是一个尊贵的客人，不论到谁家里干活儿，都要提前一天将玉米送过去。

我们家排在三秋叔的后面，我们家后面排的是桥子哥家。

用牛要提前对五爷说，顺序的排定也相当随机，大多时候，都是五爷说了算。五爷的标准简单，无非是看地里的麦子，谁家的麦子先收割了，自然是谁家先用。如果割麦子都是同一天，那要看谁家的场离村庄远，远的先用。当然，更多的时候，五爷是看谁家人手少，谁家就先用。人口多的呢，干活儿快，自然不怕晚一天。

除了预约牛来碾场之外，还要看天气。

村子里的半仙本来是给人剃头刮脸的，可是，有一天半夜回家，他看到村子里已经去世了很多年的老白。老白有一个疯儿子，冬天的时候爱在别人家的门前拉屎。半仙和老白说了半夜的话，后来，半仙又将老白交代给他的话，传给了那个疯子。结果，疯子睡了一觉以后，就好了。

这是一件无法让人相信的事情，但事实似乎就是如此。这个疯子，后来不但结婚成家了，孩子还和我在一个班上学。

所以，村子里有谁家里的孩子被什么坏东西附了身，会找半仙去通通神。谁家老人生了病，吃药无效，也会让半仙去看看身后是不是有什么不干净的东西。当然，算命、看房子的吉凶，甚至看埋人的墓地啊什么的，半仙也一并懂了。

对于村里的人来说，最重要的事情是天气。

比如，明天后天大后天的天气，半仙只要说了，那就一定是对的。

麦收是一个大事件，如果正碾场的时候下了雨，就会非常麻烦。所以，碾场首先要挑好日子，越是太阳恶毒的日子，越是适合碾场。可是，太阳毒辣的时候，牛就越受罪啊。赶牛的父亲呢，戴着一个已经发霉了的草帽。石磙极大极沉，牛拉着石磙碾轧过麦穗之后，麦粒会绷出来。碾过一遍之后，麦秸秆要翻过来一遍，然后，牛拉着石磙，再完整地碾一遍。

等碾完场，牛出了一身的汗。这个时候，父亲会用一个湿了的薄棉被披在牛的身上，给它降温。牛累坏了，吃着路边的柳树叶子，卧倒在地上。

碾场是整个麦季最为关键的一节。通常情况下，村子里的大多人家都要在麦收季节碾两次场。因为家家户户所设的场地都不会太大，太大了，秋后种庄稼的时候还要将已经碾硬了的场地再次松土，很是费力。像我们家的地，一般是北地里两块麦子收了，碾一次场，南地和寨外的麦子再来一次。

母亲会在碾场头天晚上就炸好了油条，第二天午饭的时候，一定是炒了足够多的鸡蛋，并炒好了芝麻盐，给我们做一锅鸡蛋捞面。西瓜就吊在五爷家门口的井里。捞面条也是用井水冰过的，芝麻盐、黄瓜丝和荆芥，再浇上一大勺鸡蛋西红柿的卤，别提多美味了。

冰西瓜是要等到捞面吃完以后，才吃的。井里挂满了各户人家的西瓜或者是啤酒，那时节没有冰箱，这口井就是村子里公用的冰箱。不仅如此，邻居大叔家的儿子被狗咬了，正在打狂犬疫苗，他们家的药也在井里面挂着呢，说是要挂一个月。

碾完场之后，将麦秸堆在场地的一角，将混杂着麦粒和麦皮的小麦堆在一起，等着扬场。用石磙碾出来的麦粒不像现在的机器脱粒那样干净，所以，扬场是借着风，将麦粒与麦粒的表皮分开。

父亲仿佛并不擅长扬场，尤其是风小的时候，他扬不了场，只好将麦子又扫在一起，等着第二天再扬。

夏天的风多是傍晚时分才起来。太阳只负责将小麦晒干，而风则负责将小麦的表皮和麦粒分开。从收割到碾场，再到扬场，村里的人都在心里念着祷词，希望上天能帮助他们平安度过这个忙碌的麦收季节。

然而，越是这样，老天越是调皮。麦子一旦碾好，堆在了场里，那么，我和哥哥的任务便有了。那是我和哥哥都愿意干的活儿，看场，看着场里的麦子。

说是看场，但是前半夜，我和哥哥与其他场地里的孩子们一起玩耍，我们比赛看谁的胆子大，敢往地里的坟堆那里跑。我们还听大人们讲吓人的鬼故事。

半夜时，我和哥哥才回到场里睡觉。我睡在架子车上，盖一个被单。哥哥呢，用几个化肥布袋往场地上一铺，再铺上一张草席，躺上去便睡着了。天亮的时候，我发现，我全身都湿了。原来，后半夜下了雨，哥哥爬起来将麦子盖上了塑料布。这是父亲临走的时候交代给哥哥的，而他想叫我起来帮忙，可是，无论如何也叫不醒我。他索性不理我了，一个人给麦子盖好了塑料布，自己用两根棍子插在了麦秸垛上，然后上面搭了几只化肥布袋，竟然成了一个避雨的小棚子，他就睡在下面。

而我呢，被雨淋湿之后，便受了伤寒，发了一场烧。哥哥为此又被父亲揍了一顿。

父亲扬了场之后，便将麦子装进了袋子里。一装袋，几亩地的收成便有了准确的数字。一袋麦子差不多重一百斤。如果一亩地装了十袋麦子，那就是一千斤的产量。如果一亩装了八袋，那便只有八百斤。

那时节小麦产量多数不高。村子里的人装完麦子，便开始比较。谁家的亩产达到一千斤，第二天，全村的人便都知道了。他们呢，会去这户人家里说些好听的话，以备着去他家里换半袋麦种。这样的话，第二年，大家便都种这户人家高产的种子。

麦子装袋之后，第二天还要再摊开晾晒，如是者三四，才会彻底装入袋子。

晒麦子的时候，我和哥哥自然也要看场。晒麦子的时候，不但要摊开晒，每过几个小时，还要用木锨翻一下麦子，这叫翻晒。

白天的时候，我和哥哥都不喜欢在太阳暴晒的时候去翻晒。

哥哥有的是办法让我多干活儿，比如，他会小声地告诉我，晚上的时候，趁着父亲回家，他要偷一点麦子去换油条，并且承诺，我吃两根，他吃一根。

我别提多开心了。

晚上的时候，哥哥提前从一袋麦子里掏出来几斤麦子，等着敲锣的声音。每年晒场开始的时候，那些炸油条的便会在晒场边来回游走，敲着锣吆喝：用麦子换油条嘞！

不仅仅是油条用麦子换，在接下来的时光里，苹果、西瓜、锅、馒头，甚至麦乳精一类的食品也可以用麦子换。

哥哥的耳朵特别灵敏，锣声离场地数里地远的时候，我压根一点声音也没有听到，哥哥便听到了，他说，你听听，这敲锣的人从东边的黄庄过来了。我听不到，哥哥就很着急，说，你听不到就不能吃油条。我连忙装模作样地告诉他，我听到了，听到了。

说完以后不久，那锣声便到了我们场地旁边。哥哥将手里的布袋打开，又从场地边上捧了两把土进去。我正要怪哥哥，为什么往好好的麦子里掺土。哥哥说，那换油条的人根本不看的，直接就倒进他们的袋子里了。这两把土压秤，可以让你多吃半根油条。

后来，我吃了两根油条，哥哥吃了一根油条。可是，哥哥吃得很快，吃完后他一直看着我，我只好分了他半根。

五

晒好麦子以后，麦收便结束了。

每一年晒麦子的时候，我和哥哥的身上都会因为挨着麦子睡觉而皮肤过敏。麦子经过太阳的暴晒，在身体干燥的过程中，释放出它内心的想法。有时候，我和哥哥就睡在麦子旁边，翻身打滚的时候，总会挨着麦袋子。第二天，身上总会起一些红斑，痒，痛，肿，而且连续几天，像是麦子对我们下了一张处罚的通知。

母亲会给我们抹牙膏，或者是煮一锅荆芥水，让我们擦洗一下。然而，这些土方并无好的效果。一直到几天过后，我们彻底不和麦子接触，才会渐渐变好。

而每一年麦收结束，父亲都会脾气暴躁几天。他无法向我们这些孩子发泄，有时候便会找母亲的麻烦。母亲呢，性格并不温顺。父亲和母亲一吵架，我们兄妹三个便遭了殃。母亲会哭着回娘家，父亲也没有心情管我们三个。

邻家的大娘婶子会在这个时候到我们家里劝解父亲，在她们的描述里，父亲一点点地明白了母亲吃的苦比他多。是啊，父亲应该都看在眼里了，在麦收的时候，母亲即便早起给我们做饭，地里所有的农活儿也一点儿没有少干。晚上的时候，她也睡得最晚，因为要给我们洗衣服。

父亲会在吵架后的第三天，去姥姥家里，将母亲接回来。

每一次，母亲从姥姥家里回来，要么带一只鸡，要么就牵一头羊。母亲一回来，便会给我们改善生活。而我们兄妹三个，在父亲和母亲吵架过后的日子里，变得格外懂事。

多年以后，母亲在城市里感叹着又该收麦的时候，我在那一瞬间明白了母亲的感受。她的怕，除了疲倦，还有着情绪上的担忧。她害怕因为麦收而让我父亲的身体变坏，也害怕因为麦收，我和哥哥的皮肤一次又一次红肿。她最害怕的是，老天爷不配合，在我们晒麦子的时候连续下雨。

麦收时下大雨的事情，确实发生过的。

大概我十岁那年，我们刚碾完场，便下了大雨，雨将麦子全部淋湿。那一场大雨，将整个村子淹了，路上、院子里、桥上全都是水。我们这些孩子，有很多天无法在一起玩耍，每一户人家的孩子都被大雨堵在了家里。我们将淋湿的麦子拉回了家，堆在高处。我们将院子用沙袋堵上，然后将院子里的水，用盆子一盆一盆地向外面泼出去。

那时候，如果我想和赵四儿说话，必须说给邻居家的孩子听，邻家孩子再转给他们的邻居听，然后再经过两三家孩子的转述，才能让赵四儿听到。赵四儿的回话呢，也是经过四五个孩子的传递，等到了我的耳朵里的时候，已经变得完全和赵四儿的话无关了。

所以，在我年纪很小的时候，我差不多便明白了一个道理，那便是，如果让别人帮我们传话，等传到那人耳朵里的时候，一定会丢失很多信息。我们说的话，在别人的嘴里会走样。所以，在很小的时候，我便不喜欢那种翻嘴给别人听的人。我们乡下，给这样爱打小报告的孩子起了一个诨号，叫作"翻嘴老鸹"。老鸹，在农村，就是乌鸦的土名，是一种不祥的鸟。

麦收时下大雨的记忆虽然不多，但会将我们本来就苦难的生活浇得湿透。

下大雨那年，因为麦子晒得不够干，缴公粮的时候，我们家的麦子被拒收。我和父亲排了一上午的队，饥饿，干渴，然而得到的结果是——不合格。还能怎么办呢，父亲叫了几个堂叔帮忙，在粮管所附近的大路上，摊开，又晒了一天。第二天，说了好多的好话，才算缴上。而我是知道的，那一年，父亲将家里最好的麦子缴给了公家。我们家里的麦子，远不如缴给粮管所的麦子好。

缴公粮便是农民给国家缴纳的税赋。据父亲说，最多的时候，我们家的六亩地打了六千多斤麦子，缴了三千多斤公粮。而缴公粮，是农民为国家发展纳税的行为，自然没有一分钱的收入。

缴完了公粮，又种上玉米，秋天便来了。父亲往往会在秋天的时候外出做些小生意。母亲会根据父亲的要求，将家里的麦子卖掉一些，购买化肥和农药。

麦子是乡村世界的通用钞票。除了可以卖掉换钱，在日常生活里，还可以换水果，也可以换煤球和其他生活用品。

我们这些孩子，本来以为经过麦收的劳碌后，终于可以吃到好面馍了，然而并没有。等到麦罢了，母亲给我们做的馍依然是玉米面馍，只有爷爷一天三顿可以吃好面馍。

那时候的乡村，秩序依然是守旧的，比如长兄为父，比如一家之主要吃上好的食物。爷爷年事已高，每天可以吃三个白面馒头。

我和哥哥、妹妹每天看着爷爷的白面馒头流口水，爷爷偏爱哥哥，有时候会掰给哥哥一口。我和妹妹跟爷爷不亲近，这种疏远是相互的：爷爷有了好吃的给哥哥，不给我们，所以我们不亲近爷爷；而我们不亲近爷爷，爷爷有了好吃的便不想给我们。在幼小的年纪，我们便知道，食物是维系亲情的重要因素。

乡村世界虽然贫穷，但是长幼有序。

母亲每天做好饭，第一碗盛了先给爷爷。这教育了我们，让我们在懵懂的岁月里便懂得，尊重长辈，是感念他们将我们带到这个世界上来。

母亲不仅仅只讲秩序和规矩，也会额外开一回恩。比如，我身体不舒服了，她便会给我炖一个鸡蛋，并让我也吃一天的好面馍。不久，我便发现了一个规律，只要是我生了病，过不久，哥哥和妹妹一准儿也会生病一次。母亲仿佛知道是怎么一回事，却并不揭穿我们。

甚至有一天，母亲会让我兜一袋子麦子去后街换几个苹果吃，因为马上要中秋节了。母亲会小声地对我说一句，你在路上可以先吃一个。

母亲就是这样，不论是换苹果，还是换其他什么吃的，都是一人一个。而付出劳动的那个孩子，可以在路上偷吃一个。

这便是物质匮乏的时代，母亲爱我们的另外一种方式。

只是，母亲对我们的爱都需要劳动来换取。在夏天最热的那几天，我们在地头、在路边、在一趟趟拉麦车的后面，捡拾掉落下来的麦穗。母亲会将我们三兄妹捡来的麦穗各自堆放，做好标记，用数量来衡量该给我们什么样的奖励。

妹妹年纪最小，却干得比我还要好，于是母亲往她的碗里多加了一些鸡蛋。哥哥自然是捡拾最多的，所以母亲把自己碗里的鸡蛋都拨给了哥哥。我呢，是三个孩子中最不能干的，可是母亲说，这一次我没有抱怨太阳晒，还捡了整整两大布袋麦穗，所以我碗里的鸡蛋一点也不比妹妹的少。

从麦子到面条，我们需要劳作整个夏天。那些太阳底下的焦灼，大雨突然来到时的慌乱，收割、碾场、晒麦，整个过程，像一场又一场战争。而每一次，都要咬着牙，汗水湿透的不只是衣衫，还有一些模糊的想法。

或者，在潜意识里，正是这些劳作的苦难教育了我，让我明白，哪怕只是一碗手擀面，它的到来，也要经历一个夏天的热烈。

第二章　私人河南面食志

一

某一年中秋，我和同事周建国去湘西，途中在他的老家湖南湘乡做停留。他和我同龄，他的乡村的状物与我的童年不同。关于食物，他没有任何饥饿的记忆，所以，我们成年以后的认知，也略有差异。

建国带我看了他幼年时在一起玩耍的小伙伴，还吃了他邻居家在池塘里养的草鱼，并和他一起爬山看了他已经埋进山里的祖父。

我们的不同，随着他带我游览他少时生活的乡村，细节具体起来。

他幼年时的农活儿是种水稻，我自小干的农活是耨小麦。他吃米饭长大，我吃馒头和面条长大。他出门便可以爬山，我的家乡方圆数百公里都是平原。

我相信一个地域的风貌和饮食会塑造一个地域的人的性格。平原上生活的人，讲话的方式更直接一些；而吃米饭长大的人，更温和一些。

湖南人的早饭和北方不同，他们喜欢在早晨的时候煮一碗面。因为，他们多是喜欢吃猪油炒菜，所以，那天早晨，我端起那碗猪油炒青菜拌面，觉得这么多年来，我从来没有吃过这么难吃的面条。在我的理解里，猪油只有炒辣椒，才是适配的。那碗面，我吃得相当难过。因为汤水里有猪油在铁锅里加热后的腥味，而挂面煮好以后，面汤是清澈的，挂面和汤几乎缺少亲情的关系。不像北方的手工面条，煮完以后，汤里有着浓浓的面粉的黏稠感，而这种面汤有助于消化。北方人口语喜欢说"原汤化原食"，意思便是，面汤也是一道重要的饮食内容。

那天早晨，我努力吃了半碗面条，将面汤倒在了下水道里。

然而，我抬眼看了一下建国，发现他吃得非常香，他沉浸在自己味觉的故乡里。在面条的审美上，我相信建国是不如我的。也就是说，我们两个相比较，关于面条，我更有发言权。然而，即使如此，对于故乡，每一个人的胃部，都有着长年储存的记忆。建国回到家里之后，他胃部的记忆瞬间打开。

所以，那碗对我来说极为难吃的猪油汤面，对建国来说却是他半个童年。他在那一碗面里，回到了自己的记忆中。

我的胃在童年时虽然贫穷，吃过不少的槐花和榆钱，吃过不少的红薯叶子和野菜，然而，对于面食，仍然储存了一本厚厚的词典。翻开来，可以看到母亲的影子，又或者是我在小镇念书时的模样。

十四岁之前，我几乎没有离开过我的村庄。位于河南省东部的我的家乡，在地图上和山东相邻。念高中时，有一年复读，我到了山东的曹县借读过半年，我才发现，我所有的方言在那里也都通用。我后来梳理了一下，发现我们不仅使用的语言相似，所吃的食物也是相似的。我觉得，一定是食物的相似，让我们少了距离感。

面食中，我最喜欢的是母亲手工擀的杂面条。杂面是有比例的，好面要占一半，负责面条的黏性和筋道，黄豆面负责香味，高粱面负责着色，绿豆面负责增加面条的硬度，玉米面负责面条的甜味。这样的手擀面，母亲通常是用清汤煮了，然后将提前拌好的香葱、香菜末放进面汤里，滴数滴小磨香油，便可以盛碗上桌。

杂面条的香味主要来自面食本身，如果是酒后，母亲会在面汤里放几滴陈醋，便立即有了另外的风味。而通常情况下，是不放醋的。那样，面条本身的香味从碗里散发出来，像一部旧电影一样，让人沉浸其中。

给我人生启蒙的面食还有扁食，它的书面名字叫作饺子，而我在相当长的时间里叫它扁食。就像包子不叫包子，我们乡村里叫它菜馍一样。

只有在春节的时候，我们家才会吃肉馅的扁食，而在平时，只能是韭菜鸡蛋馅的扁食。

大多是父亲过生日，又或者是父亲从外地出差回来，正赶上韭菜上市，母亲便会买一些韭菜来剁馅。

年幼时，我不会用筷子夹扁食，父亲会用玉米秆或者是高粱秆制作一个扁食叉子给我们。制作的方式极其简单，就是将一截玉米秆的一端用刀削齐了，将中间的部分全部挖空，然后只剩下两边的细细尖尖的秆，这样，便可以一下叉住一个扁食。

扁食以生鸡蛋和韭菜拌馅，所以极容易开口，母亲常会把好面馒头揉碎了，掺在扁食馅里，用来吸收水分。这样，便有了技巧，如果馍放得多了，影响口感；如果放得少了，则又会让馅中的水分撑破扁食。母亲很会调制韭菜鸡蛋的扁食馅，有时她会放一些老豆腐，将老豆腐在锅中炒至半干，放入扁食馅中，便会增加另外的味道。

母亲买的韭菜多了，会做一种韭菜面条。在乡村世界里，这是一种懒扁食，意思是低配版的扁食。母亲会将韭菜切成扁食馅那样碎，然后将韭菜简单腌制以后，和在面里。韭菜在面团中打滚，拥抱，甚至被拉成长长的条，再醒面。反复和面之后，韭菜与面完美地融合。这个时候，母亲会将面团擀片，并切成面条，然后煮熟，每一根面条里都有韭菜。这样，入口时，像吃了韭菜馅的扁食一样。

那时候，只在春节的时候才会做馒头。平时做的馍的形状是一种长方形的馍，我们叫它卷子。因为不舍得全用好面来做，母亲一般会把一块杂面和一块好面揉在一起。等两块面拥抱在一起，分层，再融合，最后切成卷子的形状时，这块馍馍是花的。所以，我们称这种好面和杂面混合的卷子为花卷。

一年中，有三分之二的时间，我们是吃花卷的。

因为，只在春节的时候才有机会吃纯好面的馒头。所以，春节时，谁家蒸馒头，都会找村里的其他人帮忙。

帮忙的人呢，在新馒头出锅的时候，可以让做馒头的人尝一下，吃多少都可以的。

所以，春节时去各户人家帮忙做馒头的人，大多是村子里比较贫穷的。这也是村子里长辈传下来的善意，让这些穷人去帮着做馒头，可以趁着节日，让他们多吃一些东西，好平衡他们日常里的困窘。

然而，村子里传下来的善意，也并非都能有好的结果。那些年，常常会出现悲剧。因为食物依然短缺，尤其是纯好面做的馒头。那些干活儿的人，大多是很久没有吃到纯好面的馒头了，所以，他们会在馒头刚出锅的时候，一把将馒头搦成一个很小的球状，一口吞下。为了能多吃几个，有一个年轻人一口气吃下了十个新馒头，他吃得太快，噎住了，就喝了一碗水。结果水将他腹中的馒头一点一点地泡开，膨胀，那天晚上，这个年轻人因为吃多了馒头而撑破了胃，死了。

这成为当年的一个公共的悲伤。

二

母亲做的花卷，味美，好看。她摊一层好面，再摊一层杂面。然后，将两团面和在一起，她像一个在面团中绘画的人，就那样用双手托着，将一团面揉得长长的，用刀切成一个个的花卷。刀切下去，截面上的花卷像一个孩子的笑脸。待到那笑脸在锅里蒸熟，嘴巴张得更大了。我和哥哥很喜欢抢那些看起来嘴巴张得很大的花卷。那种争夺，是面食带来的另外的乐趣。

母亲做的菜馍，馅里总会比别人家多一点什么。比如，她把夏天晒干的槐花，一直放着，等到入秋入冬的季节，地里没有了青菜吃，母亲便会在菜馍的馅里放入少量的干槐花。那些干槐花，经过高温的蒸煮，成为一封夏天的来信。一口咬下去，满嘴里都是五月槐花的香味，别提多好吃了。

母亲呢，最喜欢看着我们狼吞虎咽的样子，仿佛之前所有的劳作都有了价值。

母亲喜欢在农闲的时候发明食品。比如，将一瓢面粉倒进大铁锅里，做炒面。母亲让我负责烧火，因为我从来不是一个积极的烧火者，这一次，正合她意。因为，做炒面，火实在不能大了，若大了，面粉会被烤得焦煳。要勤翻锅铲，不停地将面粉均匀地摊在铁锅上。白白的面粉，随着温度的炙烤而泛黄，面粉被烤熟的香味不时传出来。那是一种陌生的香气，有些甜丝丝的，却又伴随着一股烤焦了的馍馏馇味儿。母亲呢，越翻越快，越翻越快，像是在演奏一场关于面粉与铁锅吵架的音乐。总之，母亲突然让我灭火，说，不要再添柴火了。

然后，我就跑出了满屋是烟的厨屋。

母亲呢，将锅里炒好的面粉用盆子盛了，然后给我们三兄妹一人一只碗。母亲让哥哥去堂屋里拿来黑糖，说是要放在这炒面里。每一只碗放进去一把炒面，然后用开水冲。母亲的说法是"和开"，就像是在一个碗里和泥巴一样。将水和面粉搅拌得均匀了，然后，又撒上一把黑糖，再和一会儿——便稠了。

母亲看看我们的碗，说，把面糊里的疙瘩都捣碎了啊，不然不好吃。

又是一阵子忙活。终于，母亲说，可以吃了。

我们三个一齐，用筷子别进了嘴里一口，那真是那个秋天里最好吃的食物了。

母亲用面粉给我们创造了一个新奇的口味的世界。

母亲的食单里，还有更加诱惑我们的食物，比如面饦。

入冬后，玉米面做的卷子，容易发硬，需要馏一下才能吃。玉米面做的卷子，新出锅的时候好吃，香，甜，经过时间的沉淀，玉米面的内部结构会发生变化，放凉了以后的玉米面卷子会发硬。用蒸笼馏了之后，玉米面会发黏，口感不如新蒸出来的，所以，我们都不喜欢吃馏过的玉米面卷子。

母亲呢，会在某个早晨起来给我们煎面饦。面饦是一种煎饼，但又不是饼子。因为它的原料是用面粉制作成面糊，在面糊里加入盐巴、葱末，偶尔，也会磕一个鸡蛋进去，目的是增加面糊的黏度。如果有平底锅就好了，但那时候的乡村，不论做任何饭，都只有一个大锅。所以，要小火，将大锅烧热——母亲用蘸了棉籽油的刷子刷一下锅底，便开始用勺子往锅里倒面糊。

大锅煎面饦，最重要的技术环节就是往锅底倒面糊的一瞬间，只见母亲拿勺的手用均匀的速度在空中画了一个圆，随着手腕的抖动，那勺子里的面糊在半空中飘向锅底，面糊到锅底的一瞬间，正好是一个圆圈，圆周边上的面糊向中间流动，流动的过程中受热定型。圆圈铺满的时候，面饦便已经熟了。只见母亲用筷子掀起面饦的一个角，猛地一挑，便将面饦翻了个身。这样，正反两面都受热后，母亲便将面饦用锅铲在锅里折叠一下，托出来，放在大盘子里。

面饦不是饼子，也不是面皮，它是一种处于两者中间状态的食物，如果放置得久了，凉了，便会发硬，不好吃。但是，趁着刚出锅的时候吃，那种面的香味，加上葱末受热后的香味，又加上盐巴的味道，实在是一次对面粉本身的深层次阅读。

而那时候，母亲已经将夏天刚刚腌制好的西瓜黄豆酱准备好了。西瓜黄豆酱，是用西瓜内皮和瓤，外加发酵过的黄豆，以及糖、酒和盐腌制的。腌的时候，还要放在太阳下面暴晒。所以，黄豆被晒得化成了豆酱。这个时候，用刚出锅的面饦蘸上一口已经放了芝麻香油的西瓜黄豆酱，那简直是一种舌尖上的陶醉。

三

母亲将面粉炒了，我便向我的小伙伴们炫耀。怎么来向我的小伙伴形容呢，我天真地以为，在母亲做这份炒面之前，全世界没有人知道炒面的做法。所以，我说是我母亲的发明。然而，没有几天，赵四儿便也端出了一碗已经和好了的炒面糊，一面吃一面说，他妈妈也会做。

不几日，邻居家的婶婶将麦子放在石臼中捣了，煮成麦仁粥，我便也向母亲说那种麦仁粥如何如何地香。

母亲呢，将我们家院子角落里的石臼找了出来，用井水洗了几遍，将一瓢麦子放进去，开始用木槌用力地捣。母亲的话是这样的："来，你们两兄弟替换着舂对窑子。"对窑子，是石臼的乡村名称。

没有在一个石臼里捣过麦子的人，不足以讨论乡村的食物。我和哥哥在那个秋天，用尽了我们的力气，一下一下地数着数字，将那些坚硬的麦子的皮捣破，麦子黄褐色的皮肤去掉之后，露出微白的麦肉，像一个新生的作物。

　　母亲说，力气大的人不能捣麦仁，那样会将麦子全都捣碎的，成了糨糊，那也不好吃。所以，舂麦仁，最好是找几个半大的孩子，慢悠悠地在那里捣来捣去，便会成为皮与肉刚刚好剥离的麦仁。

　　母亲从石臼中取出了我和哥哥的劳动果实，用净水淘了一遍，那麦仁个个都脱去了衣服，鲜艳的白，就像我和哥哥刚刚捞上来的鱼一样。

　　母亲将麦仁煮到了锅里，我和哥哥将捉的鱼用香烟的锡纸包了，撒了一些盐巴，放进了母亲正烧的锅底门里。

　　等母亲将麦仁粥煮好了，我们的烤鱼也就好了。

　　比起麦仁粥，我更喜欢喝母亲搅的面筋穗。

　　面汤是中原地域的一种非常普遍的早餐类粥。称它为粥，似乎并不妥当。因为，面汤里几乎无任何内容。

　　面汤的做法充满了物质的匮乏感。所谓面汤，几乎是一种欺骗人的汤。就是将水烧开，将面粉和成糊状，倒进开水中搅匀，便成为面汤。虽然面汤的基础版本是如此的简陋，但是，母亲做的面汤却无比好喝。因为，母亲会将面糊在碗中拼命地搅拌，时间久了，面糊中的面筋会从淀粉中分离出来，母亲称之为洗面筋。

洗面筋特别费力气。等我长大，我才明白，这个世界，所有关于爱、关于美好的东西，都需要付出很多时间和力气。

母亲做一碗面汤如此，我们追求一份爱情如此，而食物是传递爱的最好的方式。

当母亲将反复搅拌的一碗面糊倒进开水锅里，面筋立即扩散，在面汤里，面筋的样子比鸡蛋花要好看。最重要的是，在喝面汤、吞下面筋的时候，我的胃部瞬间被打开。面筋是面粉的思想，既入世，又出世。面筋是母亲用筷子一圈一圈搅拌出来的，面筋让一碗普通的面汤有了质地。一碗面筋飘香的面汤，所呈现的是普通事物的神性。

在喝一碗有着面筋的汤时，我获得的是双重的教育，爱，以及对事物由普通转向神奇的理解。我从此知道了，凡美好的事物，都需要耐心和力气。

四

需要略去一些食物的清单，比如糖角、枣花和团子。

糖角是三角形的，三角中间的位置，一般是放红糖的。一口咬掉一只角，却吃不到糖。

糖角显然是一种具有象征意味的食物，它要么比喻一家三口，要么比喻天地人、日月星，总之，三角形，是一个稳定的形状。吃这样形状的食物，总是有求一份现实安稳的意味。

而枣花呢，则是喜宴或者春节时的食物。将面捏成花瓣的样子，在花瓣的中央位置放一粒红枣，等到蒸熟了，便像是一朵花上结了一颗枣子。如果是新婚的人家，让新娘子食用了，便意味着早生孩子的意思。

而团子呢，是一个充满了悬念的食物。从外观上来看，团子长得和馒头一样。不同的是，团子里面包了枣泥或者绿豆、红薯的馅。所以说，对于一个孩子来说，一口咬下去，吃到了甜甜的馅，的确像是被生活中的意外奖励了一般。

还需要略去的母亲的食物清单，有糖糕、油馍头和麻叶。

糖糕是面粉里裹了红薯泥，团成一个圆圆的小饼子，油炸后鼓鼓的，像是一个有心事的食物。糖糕既油又甜，在物资匮乏的年代，一口咬下去，觉得像是谈了一场恋爱。糖糕热的时候吃，像是热恋，糖糕心里融化了的糖会流出来，不小心滴到身上，会成为向外人介绍的食谱。而凉了呢，糖糕恢复成食物本来的味道，红薯的甜被面粉和油混合以后，变成了一句诗，我录下来：那解释不清的生活里，总有一份属于你的圆满。

而油馍头，基本上是油条的简略版。母亲不会炸油条，所以，每一次，我们兄妹闹着要吃油条的时候，母亲便会炸一筐像句号模样的油馍头。油馍头的面一半做了花卷，一半被炸成了油馍头，母亲很是感慨，说，看看，即使是同一块面，也有不同的命运。在母亲眼里，一块面团，跳进了油锅里，不是煎熬，而是被一个高尚的生活包围。

麻叶是油炸食品中最好吃的。原因在于它焦，还有，它脆。还有呢，它因为被撒了芝麻，而变得格外地香。

糖糕是面粉和红薯的交谈过程。油馍头呢，是面粉的一场油锅里的独舞。麻叶则是面粉和芝麻共同参加了一档相亲节目后的牵手。

麻叶和其他食物都不一样，它没有馅，也没有复杂的心事，它有的是从里到外都一致的抒情。

麻叶特别像一张纸或者是一本书的封面，它尺寸方正，芝麻是这部作品的标点。而为了油炸时炸得彻底，麻叶上一般会被用刀切几道印痕。这些印痕像极了密码，浅的印痕是告诉吃的人，要懂得克制自己；而长长的印痕是告诉吃到这块麻叶的人，要和自己心爱的人做一个长长的交流，相互摊开心事，用彼此的体温煟热对方。

麻叶为什么要做成一张纸的样子呢？我想，或者是为了传递人世间最为重要的情报，那便是：只有食物才是万物的灵魂，只有食物才能让人相互理解。

甚至，只有食物才能让相爱的人发现对方。

五

有一次集体去新疆游走，返程时，一行十多人每人都买了一大兜馕。那些刚刚出炉的馕，释放着面食在高温炉中炙烤后才有的香气。那种香味让我们想到童年，饥饿感，以及乡村集市的那种热闹。这是一种食物中的交响乐，圆满，有质地，且很动听。

把馕带回海口之后，才发现，海口不是一个适合馕生存的地点。馕的可口便在于它的被高温炙烤过后特有的焦脆感。然而，在海口，因为湿度过大，馕正由一开始的蛮横变得柔软，像是一个被婚姻改变的男人，馕开始谨慎和松弛。

馕无法加热，如果放在箅子上馏一下，那么馕就完全变成了另外一种食物。就是说，馕的性格如果变化了，那么它的味道也就变化了。

所以，馕在海口受到了人生的考验。它正在被一种新的环境浸透，开始变质，甚至成为废弃的食物。

好在，经过一个朋友的提醒，我找出了隐居在海口住处的那只电饼铛，这个类似于烤箱的加热设备，拯救了我从新疆带回来的馕。

那几只被海口的空气软化了的馕，经过高温加热又恢复了它原来的香和脆。我一边吃在电饼铛里加热过的馕，一边回忆在新疆时吃这些馕的感受，我发现尽管已经用电饼铛修复了，但是馕的香味在湿度的浸润下，已经变得陌生。

食物随着地域的变化而变化，人自然也是如此。

夏天的时候，我到呼和浩特过暑假，租住的小区四周有几家饭馆，饭馆名字都写着"回勺面"。

一时间觉得新鲜，去点了吃。端上来一大盘，才知，回勺面就是传说中的炒刀削面。为什么叫回勺呢？呼市的友人用手比画着介绍，说是面煮好了以后，本来要盛上来，浇上卤便可以端给客人了，可是往菜锅里一扔，回勺再炒一下，便成了所谓的回勺面。

"回勺"这两个字，有动作，有画面感，听起来比炒刀削面更准确、更动听。

回勺面不只有刀削面，还有一种面食名字也怪异，叫作"剔鱼子"。刀削面，是用刀将一块和好了的面块削成面条，削的面条有切面、有棱角，用筷子夹的时候容易着力。而剔鱼子，重点在"剔"字上，虽然和面的方式和刀削面是一样的，然而，却不是用刀削的，而是用一个比刀要钝的竹签在一个面块上剔出一个长条，因为速度极快，剔出来的面条像极了一条长长的鱼，刚到锅里的那条鱼又因为惯性在水里游了两圈，所以，大家叫它"剔鱼子"，既形象，又准确。

日常生活中，我们吃的面食，多数是手擀刀切，又或者是机器轧。而到了西北，或者山西的最北部，因为多是在条件艰苦的地方，做面食的工具不足，所以才会有这种削面和剔鱼子。在来呼和浩特的路上，我们在山西境内，还吃过一碗揪片子。揪，这个带着体罚意味的词，与一个面食联系起来，便立即有了调皮感。

一个从未到过南方的人，第一次吃包子会一口吐出来，因为明明点的是一笼叉烧包，怎么外皮竟然是甜的呢？是的，南方人对面食的理解是甜的，他们喜欢往所有面点里加糖。南方人说话有时候轻轻的，笑容甜甜的，这和他们长年的饮食关系密切。同样是包子，北方人不但不加糖，有时候还会用油煎炸一下，以求得里外都是香的。对滋味的过度追求，让北方人说出来的话都是夸张的，他们喜欢说，贼香，倍儿好。这种语言的夸张，差不多道出了对别人的不信任，甚至出卖了自己的见识，生怕别人不理解自己，轻看了自己。这种要强，和面食的浓郁的味道，是那样的搭配。

面食的南北命名，的确有差异，同样一种食物，北方叫馄饨，南方就叫作云吞。这差异简直是小学毕业生遇到了研究生。北方更喜欢本质，而南方的选词则通向了意识和审美。

而同样是一锅杂烩菜，在北方叫杀猪菜或者是大烩菜，十分质朴；到了南方，便起名叫作全家福，或者是斋菜煲（全素食）。细品一下，便知道了文化的差异。

不论北方写实风格的面食，还是南方抒情主义的小细碗，只要做得好吃，都是对面粉的一种深刻的解读。

六

十四岁，我到离家十几里的小镇念高中，住校，但是，饮食上并无差异。饮食上的差异，才会对人的视野进行补充和扩大。所以，在小镇上读高中的时候，我的人生与外界几无联系，我仍是被狭窄的食物捆绑在家乡的一个孤独的种子。

十八岁，我到离家一百公里外的小城读大学。大雪中，在街头吃了一碗豪放的羊肉汤，遇到一种叫作锅盔的饼子，像是读了一部方言完成的小说。

二十二岁到郑州工作，烩面的价格是两元五角一碗。我和同事一人吃了一碗烩面，外面下着雨，吃完烩面以后，全身热腾腾的，觉得烩面真是一个温暖的食物。

二十六岁在深圳工作了半年，那是一个移民城市，人与人之间皆是陌生人，所以人与人之间均相互尊重。我第一次体会到，我们生活在一个陌生的环境里，那种只守规则、不看人情的美妙。所以，在深圳居住的时候，我每吃一种食物，都觉得是对人生见识的延伸。不是食物美好，而是生产食物的地方让我觉得舒适。

到了三十岁，第一次到海南岛工作。那是一个与我的人生磁场完全不相对应的岛屿。我第一次吃到腌面，酸菜，肉丝，浇汁，拌匀后的腌面就像我突然抵达一个陌生地方的人生境遇。我在夏天热烈的海口，慢吞吞地吃掉了那碗腌面，第一次知道，有些面食，面不是重要的，重要的是和面在一起那些细微的配料。

三十四岁时，有四个月时间在北京读书。我走遍了北京的胡同，在不同的巷弄里吃过老北京的炸酱面，那些用菜码儿、豆酱拌好的面，味道相当单调。但是，在北京那样的巷弄里，吃一碗老北京的炸酱面，我觉得胜过一切美味。这一碗面里有北京的历史，有街道边数百年来谈天说地的声音。

年龄并不和见识成正比，走过的地方多，也不代表我们就接受了别人的文化。打开是一个来源非常复杂的话题，然而，这些年，我的确是被一种又一种面食扩充了认知。我被这些面食喂养的同时，也接受这些面食背后的温度和湿度、文化及肌理。

在湘西凤凰古城，我吃过一份绿豆粉做的宽粉，当地人叫作裤带粉，很是生动，意思是和腰带的宽度差不多。牛肉是浇头，那面的宽度足足有四厘米，但因为是做成了绿豆粉，而不是面，所以其质地是软的，入口易嚼。这样宽度的绿豆粉，让我想到了南方食物对北方面条的致敬。

食物是流动的，新疆的馕到了内地，渐渐变成了锅盔和烧饼；而北方的面条，在南方渐渐成为龙须面和伊面。

北方人长年吃面食，对面的筋道有特殊的要求，所以喜欢吃硬硬的面；而南方人吃粉居多，所以即使吃面食也不愿意费牙齿，他们喜欢吃那种入口即化的龙须面，又或者是米粉或米线等代面食。

总体说来，北方面食的硬差不多也和食物品种的少有关。北方四季分明，在相当长的前现代岁月，冬天的时候，只有埋在土里的白菜可以食用，所以，一碗面意味着一个北方人的全部的食谱。那么，面做得硬一些，让吃面的人嚼起来有滋味、有回味，拉长了一个人吃面的时间，让人的精神在吃面的时候得到了充实和延伸。

而到了南方，即使是冬天，那里也是百花盛开、青菜充足的。所以，吃米饭和菜肴为主的南方人，更多的是强调饭菜的搭配以及口味的变化。所有这些都是丰富的象征。

北方的面，要煮很久，生怕那面煮得轻了、煮得生了，吃起来夹生。而南方的面食，几乎是在水里捞一下，便立即可以盛碗浇汁或者拌菜。北方人中午到面馆，只吃一碗面便可以吃饱，因为不论是烩面，还是鸡蛋捞面，都是可着北方人的食量做的，满满的一碗上来，差不多就将这个地域的文化端了上来。而南方人的面，大多是消夜用的，上面之前必须要点多种小菜，吃到半饱了，面是最后的补白。所以说，第一次到北方吃面的南方人和第一次到南方吃面的北方人，他们的人生都会被一碗面的大小而教育。

时间和食物的关系，或许充满了变化。多年前我们无法接受的一碗面，或许只是因为换了一个人陪我们吃，便让我们忘记了之前对这碗面的介意和差评。又或许是，时间终会让我们的胃口打开，我们开始接受更多的人生滋味。之前我们可能嗜辣，现在呢，我们开始学会了约束自己。以前我们可能喜欢吃大碗的面、大块的肉，现在呢，我们开始克制，学习养生，将大碗主动换成了小碗。

所有这些变化，既和食物本身有关，也和我们自己的内心有关。我们终于变成了和食物相互呼应的那个人。是食物塑造了我们，同时，也是我们容纳了更多的食物。

第三章　手工面记忆

一

看过一个记录短片，大概是寻人的节目。一个自杀的人，在河南某个有河的城市。终于还是被救了。救他的人是一家面馆的老板。救了他之后，面馆老板在自己的面馆里，请他吃了一碗手工面。

那个人，多年之后成功了，有了报恩的念头。但是，救他的人开的那家面馆，早已经拆迁了。

于是，他从那个城市的角落里开始吃面，一直吃了两年多，突然有一天，他吃完一碗手工面以后，泪流满面，他找到了记忆中的那个味道。那个味道，在他的心里存了十八年。

接受采访的时候，他大概用了如下几个词语来形容他当年吃的那碗手工面的味道：细腻，韧性，醇香。

数十年来，一个人反复回味自己曾经吃过的一碗救命的手工面，那么，这碗面的味道会像一张字条一样，渐渐地贴在他的心里。

他一家家地去吃，均找不到当年吃面的感觉。直到这一天，他在一个巷子里，找到了这家老汤烩面馆，点了一碗手工鸡蛋面。他吃得很激动，西红柿放得少，鸡蛋多，所以鸡蛋的香味压住了西红柿。最重要的是，面的韧性和煮得稍微过头的那种麦香味道，他捕捉到了自己记忆的点，激动地要见做饭的人。

当然，当年救他的那个大妈已经过世了，接替她开饭馆的是她的长子。

这是一个报恩的故事。然而，我却被那一碗面的滋味感动。虽然，那个自杀者是因为生命的重新开始才记住了那一碗面的味道，然而，我们每一个人，其实都有这样的美食记忆。这些食物通过打通我们的个人史，让我们因为一碗面而有了继续走下去的决心。

我的手工面记忆，自然来自母亲。

我幼小时便有触摸面粉的体验，那时候家里的东西都归母亲来管理。鸡蛋一个月可以攒下二十二个，面粉用细罗筛过的有一缸，玉米面有两袋，红薯在地窖子里。正是春天，我和哥哥嘴馋得很，想吃肉，可是只有在春节或者农忙的时候，母亲才会给父亲改善生活。

还好，我家的后面便有一池塘，颇大。塘里有鱼，有蛙鸣和水鬼的故事。春天时，我和哥哥一起在池塘边钓鱼。鱼饵和鱼钩均要自己来制作。哥哥负责制作鱼钩，我自然负责偷面粉，制作鱼饵。

哥哥的鱼钩制作得好，他要用母亲纳鞋底用的那种大号的针，在油灯上烤，要烤很久。等到那根针受热变软，这个时候，哥哥用力将那根针弄弯，变成鱼钩的样子。再用细丝线绑了鱼钩，丝线再绑到一根柳枝或者竹竿上，便大功告成。

我喜欢制作鱼饵，因为，每一次，我搬个凳子，到厨屋里去偷面粉的时候，我的心便会柔软。手触摸面粉的感觉就像在深夜里听一首抒情的曲子。面粉的细腻打乱了我对世界的认识。在此之前，我的手摘过棉花，挖过茅草根，触摸过豆叶上的虫子，捧过河里的水喝，然而，都没有用手摸到面粉的那一瞬间觉得光滑，我甚至有些害怕。我们一家人吃的食物，如今就在我的手里，我用力地抓面粉的时候，才发现，越是用力，手中的面粉抓得越少。这几乎是对我的日常生活的反对。

有时候，我会想，我和哥哥钓过的鱼都去了哪里？它们凭空在记忆中消失。记忆中只剩下我去抓面粉的片段。

一个在少年时代触摸过面粉的孩子，他对世界的理解会更加的全面。仿佛面粉的细、白、温润、光滑和水一起和成面团以后的柔软，都大于人对世界的理解。

最重要的是，当母亲将一瓢面粉倒入盆中和面做面条或者是馒头的时候，我会痴迷地看着母亲和面。面粉和水的关系，面粉拒绝水，但终于被水湿透，如同一个名词终于被一个形容词领走。

母亲的手工面条，一开始并不好吃，因为她总是喜欢用红薯叶来煮。盐巴，红薯叶，这两个事物在一起所生成的手工面，汤是绿的，味道微苦。面条呢，她总不舍得全用好面来做，面里总会加一些绿豆面或者是玉米面。总之，母亲的手工面条，单调得像一部小说的草稿，有语病。

还好，有爷爷。爷爷有一年夏天病倒了，母亲每天先要给爷爷做一碗手工面条，自然是要纯好面的。不仅如此，爷爷的面条里，还要炒上一个鸡蛋，鸡蛋里还炒上一份香葱。

爷爷的手工面，每一次我和哥哥或者妹妹都只能分上一勺。稀稀的汤里，漂几朵鸡蛋花，我总是一口就吞了，没有来得及品味那炒鸡蛋的味道。

不过，面条在这样的汤里总是好吃的。

爷爷的手工面里放了两个鸡蛋，这件事情几乎是一种乡村表演。爷爷会对邻居家的爷爷说我母亲孝顺。母亲呢，便会被邻居家婶子大娘们赞美。而我呢，也因为吃了爷爷的鸡蛋面条，有了向小伙伴们炫耀的资本。在我的描述里，鸡蛋面条应该是全世界最好吃的食物了。鸡蛋的香味，像夜间的黄鹂鸟的叫声一样，鲜亮，有穿透力。

那时节，好几个小伙伴都羡慕我有一个年长的爷爷，而他们的爷爷早已经去世了。他们认为，他们的母亲之所以不给他们做纯好面的手工面吃，是因为他们没有爷爷。

好像有那么一年，收成极好。那是一个甲子年，农村的大树上，吊着一些迷信的许愿的小信封。母亲和父亲都告诫我们，不能打开那些信封，因为里面有愿望。而那些愿望就像一个个的魔鬼一样，如果谁打开了，不帮助许愿的人完成，那么晚上的时候，那些愿望就会化成魔鬼，来追债。

母亲的描述是有效的，所以那些大树上的信封，终于被雨淋湿，最后不知所终。

我和小伙伴没有一个人偷看过那些大树上的信封，我们掏鸟窝，捡羊屎蛋，拾麦穗，挖鼠洞，看场。

然后呢，到了那年的秋天，母亲便常常给我们做纯好面的手工面吃了。

母亲的手工面有时候也会决定我在小伙伴中的地位。那时的乡村，到了吃饭的时候，我们总是端着碗到院子外面去吃。如果我家做了好吃的饭菜，更是要端到院子外面去吃，吃的时候呢，鸡蛋要放到最后才吃，这样便会被小伙伴们看到，他们便要羡慕我们家的饭菜好吃。

这是很微妙的一种乡村政治，不论是谁家先请木匠做了几把椅子，还是谁家有亲戚在部队里当兵寄来了子弹壳，都有可能影响我们这些孩子在村子里的地位。

母亲的手工面，在那一年为我挣了不少的面子，差不多从那时候开始，我成为村子东头一大批小孩子的头目。

二

幼年时对手工面的向往，是因为饥饿，因为食物的可选品类太少。

成年之后，仍然喜欢手工面，这大概是一种精神的回望。人类的精神世界由无数思想的颗粒组成，这些颗粒在一生中无限地复制，又无限地丢失，如同光线照耀下的尘埃。而这些颗粒的出发点，便是我们精神生活生成的地方——我们的出生地。

刚工作的那些年，每一年春节的时候，我都要回到老家的院子里。是因为身体的磁场需要。我的出生地，河南省东部平原的一个村庄，距离黄河有几十公里。冬天的时候，大雪会将整个村庄覆盖。而我的童年，就在一场又一场大雪里，等着我去将它们融化。

春节时，老家正是一年中最冷的季节。风把我的记忆都冻上了。早晨，新婚不久的妻子不愿意起床倒尿盆，我只好早一些起来，为她倒尿盆。

乡村的厕所，在很多年里都是一种土埋式厕所，原始，粗糙，充满了对人生的怀疑。乡村之所以发展缓慢，和长时间形成的一些认知有关系。比如，对生活方式的坚守，对食物的固执。

一方面，乡村的人重感情；另一方面，乡村世界的人，是一种被记忆束缚的人。他们活在很狭窄的视野里，认为那些和他们认知不同的人，是错的。

乡村世界的审美，是在劳动中形成的。他们是一步步地试错，才养成的思维习惯。所以，他们用劳动的方式来看待这个世界的其他领域。

乡村世界的人的审美终于在食物上赢得了城市人的尊重，比如，手工面食和馒头。城市化进程中，机器代替了人工，燃气代替了烧柴，早已经有足够先进的蒸笼和机器设备来加工面条和馒头，然而，无论机器如何的精细，仍然赶不上手工制作的面条好吃。

这不仅仅是一种面食本身的竞赛胜利，还是一种文化的角逐。乡村文化在对待食物上的小心翼翼的感觉，赢得了所有热爱生活的人的喜欢。他们天然地认为，人类就应该这样对待食物、对待加工食物的方式。

手工馒头，和面的技巧，醒面的时间，用手揉面的力度，切面的速度，蒸馒头时的火候，温度的把握，等等，这些过程既是劳动的，又是审美的。那么，和城市文明中快捷做出的馒头相比，乡村文明的馒头更具有描述性，有故事，有让人怀念的人的表情，有劳动的美好，有过程缓慢的耐心……可以再继续列举下去，然而，这些独属于乡村文明的东西，在城市里有了不一样的价值。

所以，城市越是发展，在食物的审美上越是依赖乡村文明的制作方式。因为，这不仅仅是一种味觉的信任，还包含着对乡村文明中人类对抗饥饿的怀念。那些用柴火煮的饭菜，那些让面粉在自然温度下发酵出来的手工面食，都有着数百年的生存智慧，而这些智慧和食物本身一起，变成了人类的繁衍。吃这样的食物，对于一个以自助餐、麦当劳等快餐文化为主要内容的城市来说，无疑是一次精神上的寻根。

三

手工面食，作为一种胃部长期依赖的食物，差不多影响了我的人生选择。我工作后相当长的一段时间，均在面食广布的区域生活。

我曾绘过一张图片，我出生在河南省东部的兰考县，而我的村庄距离兰考县城有四十公里。后来念了高中，便到了县城。大学在距离兰考四十公里左右的开封，读师专，陈旧却热烈。大学毕业后到了距离开封四十公里左右的中牟县工作，那是一个有故事的地方，我的青春的第一句诗。在中牟工作一年后，我又到了距离中牟三十多公里的郑州市工作。

这样一个人生轨迹，仿佛和一碗手工面没有关系，但事实上，这所有的工作变化，都和我的日常生活息息相关。

多年以后，当我在海口工作生活了十年，我才渐渐明白，人生的打开，既和自己的阅读、旅行以及交往的人有关系，更和自己所食用的食物有关。

在初涉社会的那几年，我的思想一直是手工面食做成的，相当保守，但又充满了单纯和善意。我思想里所有的是非判断，还没有摆脱我的出生地的伦理。

那是一个不知如何与陌生人相处的生存状态。仿佛，我在生活圈子里，几乎没有认识陌生人的能力。那些整天在我身边走动的人、租房时的邻居、长时间吃饭的饭馆老板，我均不关心他们。我关心的是我个体的生活，视野狭窄到周末的时候可以在自己的房间里昏睡一整天。我觉得，这与我长时间食用手工面条有关系。这是一种有着母亲磁场的食物，它温暖、单纯，且廉价。

郑州的烩面，手工拉扯过的宽厚，像是一个有道德宽度的面食。吃了之后，几乎可以发一张"宽厚"的证书。

相对于其他地域的人，我常常想，吃烩面长大的郑州地域的人，思想会更加宽容一些。而宽容并不意味着优秀，也有可能是一种平庸，不对比，懒惰，甚至是缺少判断。

其实，日常生活中，我们形容一些人断奶太晚、巨婴思维，以及说某人天真，都和整个地域的饮食有关。

长时间的单一的面食，会将一个人的胃口束缚住，导致这个人成为面食的俘虏，甚至开始拒绝其他食物。而这样的一种拒绝，其实就是一种垄断和封闭。

大约在 2002 年的春天，春节后不久，我有了一个到深圳工作的机会。距离、城市的面容以及人们说话的声音，这就不必列举了。我想单独说的是，手工的面食，不见了。

我被米饭侵略。

一个有着面食背景的人，刚开始到一个以米饭为主食的地方，这种饮食方式的变化，像是对自己人生的割裂。

我甚至感觉到，每一次吃米饭的时候，那些米粒，一粒喊着另外一粒的名字，在逃跑。它们嘲笑我吞咽的方式不对，它们对我吃米饭的节奏以及历史不满。

我的饮食史，就是母亲的手擀面。如果有统计学的话，那么我的身体里有太多母亲手做的面条、馒头、扁食……这些食物就像母亲对我说过的话一样多。这些食物和母亲对我的教导成为一种文化上的自觉，甚至是约束。我相信是这样，一个地域的人的性格和他的饮食密切相关。

那么，像我这样一个中原人士，胃部被面食占领多年，突然来到了南方，我的本能拒绝米饭，其实是一种思想上的保守主义。总觉得米饭不适合北方人的胃。然而，放眼望去，会发现有很多北方人在南方生活。他们是如何打破自己，渐渐适应米饭的呢？

在离开家乡之前，我是一个没有故乡的人。人只有离开家乡，有了距离，才能变成一个有故乡的人。身体离开故乡的前几个月，我像是一个丢了磁场的飞行物，每天都觉得少了一些什么。少了什么呢？仔细想想，是水和面粉。水，家乡的水是黄河水。那些水里的词语喂养了我的写作，我的表达。而我在深圳的时候，所喝的水，是珠江水，喝下深圳的水，如同翻开一本新的词典。而面粉呢，那是我的记忆的组成部分，如今，面粉换成了米饭，我的记忆便开始模糊。

面多有汤，而面条和汤的关系是融洽的。米饭呢，米饭和汤是分开的。这所有的结构，都是对我的挑战。

直到有一天，我充分打开了自己，我开始喜欢米饭，甚至开始辨析大米的产地，知道了煮粥与煮饭所选择的米是有区别的。

一开始，我拒绝吃米饭，甚至感觉到我每一次吃米饭，都是对故乡的背叛。后来呢，我发现，饮食也好，观点也好，都不是一种覆盖的关系，而是并列的，甚至是支撑的关系。我的身体里渐渐纳入了更多的食物和观点，看到的花和植物与老家的也不同。我在深圳生活的几个月，极大地拓展了我的视野。

深圳的生活段落让我有了很多不同的思想。我对世事的看法也有了细微的变化，这些变化与我相处的人的变化有关，也与我在深圳所吃的食物有关。

这是我最为清晰的一次思想的拔节。我清晰地看到了自己变得更加宽容，我甚至觉得我之前的生活是狭窄的，是愚蠢的。

四

如果说深圳对我的个人史是一种拓展，那么海口这个地方对我的人生是一种颠覆。

深圳用食物补充了我对这个世界的理解，而海口呢，这是一个让我完全背叛自己家乡的城市。除了食物，还有岛屿的不确定性。

海口是海南岛的省会，在岛的最北端。初上岛的那段日子里，我在海口的菜市场学知识，那些鱼的种类、贝壳的种类、青菜的种类以及水果的种类，都让我觉得活在一本海外生活词典里。

也果然，每一次当我遇到从未吃过的青菜或水果时，那个售货的大姐准会说一句："你是内地来的吧?"

这样一种身份的界定，让我觉得既新鲜又刺激。

然而，很快，我便有了身份的认定感。为了不让那些摊贩嘲笑我的无知，我在问过一个水果或者菜蔬的时候，会主动加上一句"我是内地来的"，果然，那些大姐便会耐心地用粘满海鲜味道的普通话，向我介绍一下那菜的名称、做法。

不只是菜的名称，整个海南岛，说话的方式，也都是异常的。在内地的城市，如果吃一碗面，四川饭馆会问一句"你是要汤面，还是拌面"。而在海口，则会问"你是要粉汤，还是面汤"。

汤粉在海口被称作"粉汤"，汤大于粉，这就是海口的不同之处。

海口人也吃面，面叫作伊面。伊字好听，学中文出身的我，多么熟悉这个字啊，伊，是她的意思。伊面，自然是一种母性的面。

伊面大约是碱性的面，细而黄，伊面不如腌面好吃。自然，这是我个人的口感。腌面有些像客家的拌面。将伊面煮好后，捞入碗内，浇上肉丝、酱汁，放一些葱末和酸菜，便告结束。海南人在夏天时，多是吃腌面，相对凉快一些。如果在盛夏时节，吃一碗热粉汤，那么，后背便会湿透。

海南天气虽热，但街边的小店大都是开着门，极少有空调包间。这样自然地吃热粉汤，出出汗，足以说明海南人对天气的轻视。他们在高温里说着笑话，风过来，就享受风，雨来了呢，就在骑楼下面行走。

海南人的性格多是慢悠悠的，台风他们见识过了，暴烈的太阳他们也见识过。他们吃过的贝壳种类，都可以编两本书了，然而，他们依然喜欢在早餐的时候吃一碗粉汤或者是腌面。

有那么一阵子，我每天做统计学，我坐在海府一横路边的一张桌子边，统计坐在我对面的人吃的是什么，有一个有趣的发现，便是，早餐女人多喜欢吃一碗腌伊面，而男人则喜欢汗湿后背，吃一碗热粉汤。

伊面的名字不知是不是因为女人吃得多而得名。

但是，伊面是手工面，面汤是浑浊的，那是面粉在汤里的沉思。手工面和挂面的区别，便在于面汤的清澈度，如果面汤是浑浊的，对于我们这些乡村里长大的孩子，就立即在一碗面汤里回到了故乡。

就是这样简单粗暴。

然而，在海口生活，饮食上的差异还是显而易见的。海南人喜欢用白水煮一切。上百元一斤的鱼，在海口怎么吃呢？自然是直接切成片，在只放了两片姜和盐巴的白水里煮了。海南人对蘸料倒是十分讲究，他们一年吃进肚子里的酱油，可能是北方人的十倍。

白水煮青菜，浇上酱油便可以吃。他们吃的是食材本身的味道，吃的是春天的绿、夏天的鸟鸣、秋天的乡村稻田里的蛙声。海口没有冬天，一进入冬天，海南便成为天堂，在冬天的海口，吃什么，都觉得是舒适的。

没有在海南岛生活过的人，不明白一个人的一生可以因为温度的变化而被延伸、拉长。

在海口，晚上十点以后的街边，夜生活才刚刚开始。那些年轻的情侣渐渐出来消夜，讨论人生。

冬天时候，只有海南可以继续支撑这样的时光，北方呢，九点以后，道路结冰，城市被大风刮成一张张乱飞的废纸片。所以，北方的冬天，适合猫在房间里造爱、看美剧、写愤怒或羞涩的公众号。而南方的冬天，恋爱依然在进行着，食物依然在路边盛放。一个在海南长期生活的人，眼睛里的世界要比内地多出许多。这些食物、景致、温度以及缓慢的生活节奏，都是一本另类的人生读本。海南不需要深刻，只需要一些青菜和白水煮的鱼片，就启蒙了我。因为，这是一个可以无限拉伸时间的岛屿。

食物与岛屿是改变我的两个参照。在海口活着，每一种食物都是对我之前生活的补充，海口的食物更像是一个词典，我吃下了它们的同时，也理解了这些食物所指示的内容。

我终于不再纠结于故乡的手工面，在海口，我学会了让身体接纳更多的食物。这些食物，有的并不美味，但它们足够独特，能补充我味觉的未知，让我在吃了它们之后，有了新的记忆，有了新的描述的欲望。

食物的差异让我重新认识了我之前在故乡时的狭窄，而岛屿的漂移又让我时刻想起故乡的方向感。在海口生活，本地居民也不关注东西南北，他们在描述方位的时候，更喜欢用左和右。别小看这样细微的差异，每一次指引别人路径的时候，都会用自己身体的方位，那么这人便有了关切自己身体的意识。

相比较内地人，海南人更在意人本身，而不是这个人的背景，这也是南方文化的一个优点。北方人，普遍在意一个人的背景，在意身体外围的关系，这让很多事情处理的时候，更加复杂和暧昧。而海南人，或者更为普遍意义上的南方人，和你交往，喜欢你，只是因为你本人更让人信任。他们不管你的学历，你家里的资本。这样的单纯和有效，也是对我的人生观的补充。

在海南岛，我被食物本身的味道纠正，被方向的模糊给打破。原来的我，被地域的经纬切割，活得分明，向西走便是向西走，向南去便是向南去；而现在，海南岛的方向听从大海的安排，听从风的安排，也听从椰树和云彩的安排。海南岛的路没有笔直的方向，它们大多沿着海岸线的方向自然弯曲。有些路甚至在城市的地图中画了一个半圆，我第一次走的时候甚至觉得这是一个玩笑。然而，随着我在更多的城市行走，我渐渐理解这些南方临海的城市设计。这些与海岸线响应的弯曲，其实就是最为客观和节约的方式。这些道路的旁边，还有一些小巷，让这些城市额外多了一些风情。

不只是一种味道，不只是一种方向，这些大于我平原生活经验的审美，还将我带到了一个陌生的境地。这些补充的认识让我渐渐远离原来的自己，包括我的童年和少年，也包括我的去年和今年。我将我自己的一些经验扩大、修改，甚至是抛弃。

五

身体记忆是一个相当难以打破的循环。

我们常常在一些风景如画的地方，看到一些根本就不专心欣赏风景的人，他们是一些固执的老人，或者是内心被一些狭隘的认知绑架了的人。他们在那里点评岸边的石头不美，又或者是风吹过来时的岸边竟然没有柳树，缺少风情。

自然，还有更多的人，到一个陌生的地方，不论友人请吃多么高档和特色的食物，一概是皱着眉头，说，不好吃。想吃什么呢？一碗手工面条就好。

是的，一碗手工面是好吃的。但是，这些人不知道，这个世界上还有和一碗手工面一样好吃的东西。这种对其他食物一概拒绝的胃口，与其说是一种文化上的偏执，不如说是视野上的狭窄。

别小看这细小甚至根本没有人在意的手工面情结，其实这是一种情感上的巨婴，拒绝在任何不舒适的区域停留。这种过度依赖熟悉区域里的食物、交通工具、床铺以及文化参照的人，大多数非常有个性。他们不容许自己的喜好被别人质疑。这些人到任何一个地方，都会以自己家乡的东西为自豪。一旦遇到不同的意见，便会生出昂扬的斗志，用来维护自己的自尊，和自己身后那一片地域的荣誉。

美好的东西，比如像我们家乡的良俗及朴素，如何成为我们低调谦虚甚至和别人交流融化的品质呢？这需要一个人有接受外部审美的能力。

我们的胃是一种记忆的重要地址。如果一个人的观念暂时改变不了，那么胃部做一些改变，开始接受不同的食物，这个人也会在价值判断上，渐次松动，一点点地纠正自己的独断和盲目。

从北方到南方，我的生活史告诉我，我是被地域之间的差异启蒙的。这中间，有文化的碰撞，也有味觉的启蒙。

一个扩大了的自己，仍然乐于接受之前的自己。尽管在有些方面，我已经相当背叛自己，甚至疏远了之前的自己，但是这并不影响我和之前的自己和谐相处。我宽容地看着多年前笨拙且愚蠢的自己，我没有能力去修改自己，但是我可以在文字里对自己那些仓促且莽撞的青春进行忏悔。

　　而这样的梳理，对我自己的个人史进行重读，也是一种覆盖和包容。

　　一个接受全中国各个地方美食的我，回到家乡，依然喜欢家里的美食。那些食物养育了我全部的青春，那些食物里的热情、温暖及单纯，一直到现在，仍然在我的血液里流淌着。人只有变得更复杂，才会更加有同情心。一个单纯的人，有时候，会是麻木的。

　　一个食单狭窄的人，有时候不会理解另外一个人的痛苦；而一个食物选择宽泛的人，则会理解一个拒吃某种食物者的痛苦。

　　坊间有一个笑话，据说是某法学教授讲的。说是在东北某个地方的一家饺子馆里，有一个人吃饺子的时候不蘸醋，我们称他为甲。旁边的一个人坐着，看不下去了，建议那个人蘸醋吃饺子，我们称他为乙。结果甲不听乙的劝告，说不喜欢吃饺子的时候蘸醋。乙就问甲，你不是本地人吧？本地人哪有吃饺子不蘸醋的。甲就说，我是本地的啊，可就是不喜欢蘸醋。乙非常生气，拿出自己的警官证，说，不蘸醋是吧，我今天还就想看着你蘸醋吃。你别不识好歹啊，如果你今天不蘸醋，我直接拘留你……这不是一个段子，是一个真实的故事。

　　一个吃饺子不蘸醋的故事，是一个比喻，说明单一饮食爱好的人，喜欢干预别人。其实，在南方，这样的事情发生的概率很小。因为，他们接纳一切食物的爱好者。你只要不影响我，那么吃什么东西都是你的自由。

这是从食物到秩序和伦理学的转变。

回到手工面的时代，其实，在相当长的时间里，北方与南方有着同样的约束。就像北方人吃不惯大米一样，南方人初到北方同样吃不惯面条。

我和在北方上大学的海口人交流，在开始的时候，他们吃面条老觉得太硬了，他们咬不动北方的面条。他们的原话是这样的："你们北方人到底是做面条呢，还是搓绳子呢？太结实了那面条，咬不动。"他们的感受和我刚到深圳时，吃米饭老觉得米粒在我口中来回奔跑是一样的。

然而，随着时间的变化，南方人更容易接受北方的面食，他们只是会嫌弃北方食物的单一，而不会差评北方人好吃的东西。一个北方人，初到南方时，除了不吃南方的食物之外，还会向身边所有的人，差评他看到的南方食物，以此来做进一步拒绝改变的证据。

这就是差异和格局。

作为一个在海南生活了十年的北方人，我很庆幸自己的改变。这些年，我从一碗手工面开始，接纳过太多大于自己认知的食物。我从一开始的拒绝，到慢慢尝试，到接受，到理解，到喜欢，再到扩大喜好的口径，一直到现在，我已经被全世界各地的食物教育。我认为，无论哪个地方都有好吃的，都有像母亲的手工面一样好吃的食物。

由于味觉范围的扩大，我喜欢上哪一种食物，便会同时喜欢上生产这个食物的地域和来自这个地域的人。甚至，我还会喜欢上这个地方的文化，以及所有与这个地方相关的知识、新闻、历史和现实。食物是一个载体，它带给我温饱的同时，也一定带来了某种观念。而这种通过食物带来的观念，是柔软的，是温和的，同时，也是深情的。

而同样，在接受了别的地域的食物的同时，我也会向他们推荐我的家乡的食物。我十岁时吃过的美好的食物，上班第一年吃过的美好的食物……这些食物既是招待友人的饭店名称，同时也是我的成长史。

我变成了一个复杂多元的人，但是，我的起点依旧是母亲的食物。我描述河南省东部乡村的植物、蝉的叫声以及小县城的生活节奏，这些都是食物的味道。这些味道，被我加工、美化，被我随身携带多年，成为我身体的一部分。

不论是母亲在我生日时煮的那碗手工面条，还是我到了省城后吃过的数百碗烩面，我在记忆里曾经将这些碗整齐地摆放在时间的荒野里，一碗面，又一碗面，一次欢喜，又一次欢喜，那些饥饿的记忆就这样被温饱的时光挤出了身体。一个成年人，总会在遇到挫折的时候想到家乡，或者是那一碗母亲的手工面。

当然，在异乡，这些想念转瞬即逝。活着，总会面对一些小曲折，来驱逐人生的平淡。还好，我早已经打开了自己的视野，接纳了更为宽阔的食物种类。甚至，在我的思想里，所有好吃的食物，都住着一个母亲，一个故乡。

是这样。真的。

第四章 发现手工空心挂面

一

　　我很有必要介绍一下张娇，她是我和很多事物的一个中介。通过她，我找到很多野地、植物和理想。

　　张娇是一个理想主义者。在电视台工作多年的她，长时间关注河南省非物质文化遗产这个领域。她觉得，这些代表着中国悠久历史文化的非物质文化传承项目，大多是手工制作。手工，自然是有限的产量，再加上多是一些与食品相关的产业，也不会有太高的利润。所以，这种有着久远历史的非物质文化传承项目，缺少市场转化的能力，最终的结局是没有传承人。

　　张娇有时候采访完一个老的手工艺匠人，回到家里会很悲伤。她觉得，那么美好的食物，因为没有能力批量生产，便没有人去学习它，这种食物便会渐渐消失。

有一个编竹篮的老爷爷，也让她牵挂。每年，她都要让这位九十余岁的老人编很多竹篮子。这是她这些年来下乡采访的一些收获。她找到一些非物质文化遗产或者是有机食材，然后将这些食物放在这位九十多岁的老人编的竹篮里。仿佛一份美好，借这位老人的手便得到了最为妥当的安放。

张娇从电视台辞职，理想主义地开了一家书店，名字叫作"大树空间"。

除了经营这家提供精神食粮的书店，张娇还要下乡，寻找她心中的美好的食物。

于是，我们这些写作者，通过她看到了稻田、金银花田、怀姜田。我跟一些朋友还和张娇一起，到地里参加了劳作，体验了一种作物从田地到餐桌的过程。

张娇在电视台工作久了，身边颇有一批中产以上人士，这些人呢，在精神生活上相对丰富一些，所以在物质上也有了追求，他们希望能吃到安全的有品质的食物。如果一个食物的背后，有一个让人动容的故事，那么食物便有了大于饥饿感本身的意义。

正是因为这样的机缘，张娇毅然决定辞职，去乡下找寻那些有故事的人，以及他们制作的食物和食材。

多年来的电视记者经验让她有着不一般的敏感。她在行走、吃饭以及闲谈中，能主动抓到别人谈论的事件背后，是一种食物。

比如，手工空心挂面的发现，就源于她和作家冯杰的聊天。冯杰回忆自己幼年时吃过的好吃的食物时，说到了他幼年在外婆家居住的滑县，印象最深的是一种极细的挂面，那时节哪有机器，只有手工。而冯杰印象中的挂面细如发丝，却是空心的。那时候，他们甚至可以生吃这些细挂面，如果煮了鸡蛋面，那简直是人间美味。

挂面常见，但是和手工、空心这样的词语连在一起，倒是第一次听说。

城市人每天吃的面条大多是那种机器轧出来的湿面条，这种面条就如每天在大街上遇到红绿灯一般，需要它，但并不希望看到它。这种面条适合家里有老人和孩子的来吃，整体的感觉是，软沓沓的，缺少面条应有的嚼劲儿。而如果在超市里买挂面，有另外的缺陷，那便是煮出来的汤清澈得如同最后一遍的洗菜水。

所以，面食对于北方人来说，既是普通的食物，又是一堂关于质地与思想的哲学课。这就是烩面进入中原虽晚，但很快压倒了其他面食，广受欢迎的原因。但烩面的确有公共属性，仿佛这个面一落地，便不属于家庭的食物，烩面适合羊肉汤，而家庭煮不出大锅羊肉汤的味道。所以，烩面和高炉烧饼一样，是一种需要道具才可以吃到的食物，是北方人的远房的亲戚。这就是为什么即使城市早已经发明出了有保质期的烩面片，回到家里只要用力拉长便可以吃上烩面了，然而他们仍然喜欢母亲的手擀面。因为烩面的好都在汤里，而面是配角。

人的胃都是一页页的公众账号，每吃过一餐食物，那么我们的胃部便有了一次食物的留言。

时间久了，我们与食物的关系，是一种亲情关系。比如母亲的手擀面，那就是母亲的样子。而一碗加了两根火腿的煮泡面，则有些像父亲的形象。

我们与经常吃的食物建立起来的这种亲情关系，会在我们没有吃到食物之前产生暗示的情愫，这既是一种磁场，又是一次感情的试验。

张娇看上的，是这种食物背后的传承和故事。她说，如果我不去找这样的食物，那么在城市文明的序列里，就不会出现这样美好的食物。张娇的描述中，有一种科学探索的孤独感。

当然，城市和乡村一向是矛盾的，不论是对待时间，还是对待规则，城市和乡村都有着不可调和的矛盾。然而，一旦说到食物，城市立即变成了一个嘴馋的孩子，而乡村世界又变成一个瞬间可以原谅自己不懂事的孩子的父亲母亲。怎么办呢？难道还能不让他们吃饱饭吗？

挂面一向是城市食品中的一个次要食单。除了单身的人，挂面几乎是被手工面和方便面所代替。

那么，如何让"手工空心挂面"逃脱"挂面"这个词语之前在城市生活中的单调的意义呢？张娇决定带着两个摄影师和我一起去亲眼看一看手工挂面的制作。

张娇之前已经探过路，甚至已经不止一次到滑县的这个村庄。张娇说，第一次去这个村庄的时候，她被每家每户的院子里都挂着的一杆一杆的长长细细的手工空心挂面惊呆了。她觉得，这个村庄就像是一个被导演的行为艺术的村庄。

最后，她挑选了两个手工制作挂面比较好的家庭，她决定长时间订他们做好的产品，而且，要按照她的要求来做。

张娇说，其实她也没有什么具体的要求，只是在最后一道工序包装的时候，张娇提供了一些更好看的包装纸给他们，让他们包好，便算是一种定制了。

张娇说，外人根本无法参与他们的任何一道工序，手工空心挂面最重要的步骤在于盘面，那是和面交谈的过程。"交谈"一词是我发明的，张娇的原话是，做面的人要和面相处很久，能体会面的细微的变化，才能做出上好的空心挂面。

这样说可能太模糊了，我没有看到过制作手工空心挂面的场

学习制作手工空心挂面

景，不大理解。张娇就简单粗暴地说，如果想要把一盆子面团拉成像头发一样细的面条，你就自己发挥想象怎么样才能让这些面条又细，又空心，又不能断。

天啊，张娇几乎是出了一道哲学上的难题。

手工空心挂面的技术，从唐代便开始有了，就是这样手把手地传了下来。要手把手地教，不然村子里的年轻人不会。不是不会盘面、醒面，而是不会理解面。这是一个不能出错的程序，从面粉到发丝般细长的面条的过程，既是物理的，又是化学的；既是艺术的，又是哲学的。而这些日常生活的技术，对于那些长年操持这些手艺的老匠人来说，他们倒也说不出什么精确的词语，只好等一会儿，再等一会儿。在他们这里，时间是属于面的，而不是属于工匠自己的。

张娇说，因为滑县是河南省粮食产量和小麦种植面积的第一大县，所以，这里的面粉质地也一向是好的。大概和面粉的质量有关吧，所以早在数百年前，安阳滑县便有手工空心挂面的作坊了。

滑县属豫北平原，大概是纬度和土壤的原因，这里的小麦产量均匀，日照时间长，黏性土肥力充足，小麦穗大粒饱，这样的小麦在现代化的面粉机里，可以轻松地分解成高筋、中筋。而最重要的一点是，这里的面粉，普遍有嚼劲儿。这种民间认为的"嚼劲儿"就是面粉中的面筋含量偏于中高。

拉面，"拉"是一个很挑剔面粉的字。拉面自然需要一定的弹性，面有了弹性，才能拉伸，不断线，所以，一个盐碱地生长出来的小麦，面筋含量低，就做不出手工拉面。从这个意义上来说，每一种食物都和它所生产的地域有着亲密的血缘关系。

就像武汉，临长江，湿气很重，身体里的酸性物质多，那么就要吃辣椒，吃碱性的热干面。如果一个武汉人，长年不吃辣椒、热干面，那么他们可能会得风湿病。所以，饮食不只是温饱问题，还有健康、心情的调节以及对生命哲学的理解。

二

话说，我们一行四人到了滑县的张路寨村。

村庄是中原常见的村落，小学在村庄的中间，红砖蓝瓦，临街的墙面被公家刷白了，写着标语：为中国未来生二胎。

乡村的标语和城市里不同，一个标语写完了，一定会在另一个标语中做一些补充说明。过不远，又看到一处标语，写着"二胎光荣，三胎可耻"。我心里想，他们的数学倒是好。

村庄的墙上，也有杀猪的公告和治疗梅毒、肝病的小广告。当然，少不了办假证的广告。看到这种广告，可以证明所在的区域经济是有活力的。

一行人中，刘滨与景超是摄影师，两个人有分工，一个拍静态，一个拍动态视频。我自然是来看看，做一个简单的了解和记录。张娇是全面的导演，她是资深的摄影师，一边在旁边指着摄影师拍画面，一边还要偶尔充当一下出镜记者，做一个采访的衔接。

被我们采访的对象是两户制作手工空心挂面的人家。一户是一对年轻的夫妻，男的姓苗，叫苗双战。因为父亲的身体不好，他回家来照顾父亲。这样一来，外出打工便实现不了了。他自小便和父亲学习做手工空心挂面，趁着在家的时间，他又接上了父亲的脉。

双战的邻居张相连，是一个做了三十多年挂面的老工匠。他对面的感情，就像对在外地工作的儿子一样。手工挂面的挂面头，他和妻子吃，而中间好看又好吃的部分，大都给儿子儿媳留着。

听说要拍录像，张师傅将自己的一身深蓝色衣服拿出来穿上了。

他已经将面用和面机和好了。他说，和面这个活儿，对于他来说，已经超出他的能力了。将五十斤面粉和在一起，和均匀，垫好，这需要整整盘一个下午的面，才好。所有这些，都需要一拳头一拳头地打在面粉上，才能让面与水充分混合。所以，和面虽然机械、单调，却是最耗体力的。

在过去，如果跟着师傅当学徒，学做手工空心挂面，第一课就是掏力气和面，不跟着师傅和上两年面，别想学下一步。

双战夫妻做手工空心挂面，做一次得用一百斤面粉，而张师傅只有一个人，每天只能做五十斤的面粉。还好，这几天，他老婆从儿子家里回来了，带着孙子。孙子睡着的时候，需要他老婆搭把手的时候，她可以帮上他。

和面机就是那种大一号的轧面条的机器。张师傅之前已经将散的面片放进了和面机里，经过和面机的搅拌之后，出来的是一团已经有了黏性的面团。

张师傅将面团一块一块地揪出来，放到事先备好的陶瓷大盆里。

"五十斤面，"张师傅笑着说，"用机器差不多可以节约半下午到一下午的时间，但是还是需要人看着，主要是感受一下面是不是太瘪了。"

张师傅将机器里的面一点一点抠干净，就像我幼年时看到吃馒头的爷爷，一只手拿着馒头，一只手放在馒头的正下方接着馍花。那是一代人的生活姿势。张师傅的这种习惯动作，也差不多注释了他平日里的节俭。

张师傅的父亲和爷爷都会做手工空心挂面。在他的记忆里，手工空心挂面就是一种拒绝普通百姓吃的面条。他们家做的挂面，只能吃挂面头和断了的碎面条。整把整把的挂面，都卖给了方圆几十里的富裕人家。

自己家里做挂面，竟然也不能天天吃挂面，是因为这挂面做得太费力气了，它是人与面的一场摸索与交谈。

张师傅记事的时候，哪有机器来打面粉呢，都是用石磨盘来磨面粉。那时节的面粉要比现在的面粉粗。粗，自然是做不成面条的，怎么办呢？要先用细筛子筛一遍，再过细罗。没有过去筛子的，自然要再磨一遍，才能使用。

仅仅磨麦子这一项，就将手工挂面制作者的精力消耗了一半。还好，那时节，市场经济还没有到来，手工挂面一向做得不多。

张师傅忆旧时，景超和刘滨开始布置拍摄器材。这两个年轻的摄影师，只对面条制作的过程感兴趣，他们在调光线，讨论背景的边界和凌乱的实物该如何整理和简化。

之后，我们又去了双战的家里。正是 3 月，春天来得早，院墙外已经有花开了一个骨朵。双战到底是年轻，面已经和好了，在盆子里，满满的两大盆，一百斤。

双战是子承父业，他的父亲年轻时便是村子里做挂面的一把好手。如今父亲年事高了，身体不好，双战做挂面的时候，有些技术的疑惑，也会问问父亲。

因此，父子两个因为一项劳作，又有了新的合作。自然，双战自从不外出打工后，常和妻子张红党一起做手工挂面。虽然算下来，并没有发财，甚至还多出了不少力，可是，他兼着照顾了父亲。因为长时间和妻子共同做挂面，两个人，你一拉我一抻，

和面

相互信任又相互体谅，反而加深了感情。在这样的亲情和爱情氛围里做出来的面，自然有了更多的意味。

作家冯杰吃过张娇带回的空心挂面之后，说，吃到了他童年时外婆做的手工面的味道。冯杰幼年时在滑县外婆家里久住，他的味觉记忆属于滑县的泥土和食物。所以，他的直觉让张娇觉得她做的事情非常有意义。

于是冯杰也和张娇一起到了双战和张师傅的家里。冯杰看完了双战夫妻做挂面的全过程，又在满院晾晒的挂面空隙里，吃了一碗手工空心挂面。

冯杰说，双战夫妻两个一起干活儿的那种默契，那种对食物的专心，都让他觉得这是一款夫妻面。吃了以后，可以治疗孤独、乡愁，以及情感的麻木。

滑县的手工空心挂面，至少在一百年以内，一直在做，也一直在销售。但是，大多数都是卖给本地人，卖给那些本地的老人和孩子。又或者是，一个在滑县本地出生，生活了多年以后外迁至异地的人。这些人每年春节返回故里时，都要买上一些手工制作的空心挂面。因为这些挂面里住着他们的童年。

然而，挂面在相当长的时间里，并不是一个有着文化附加的食品，只有一些有着故土情结的人，才会在生日、春节以及其他友人聚会的场所，说起自己家乡的食物。比起那些更加有滋味的甜点、肉食和更受孩子和女人欢迎的零食来说，挂面似乎多了一些廉价感。尤其是在城市生活的人，除非是亲近的人或是多年的友人，到别人家里，送几包挂面，则有轻慢的意味。

这可能是手工空心挂面这么多年来，一直没有被人发现的原因。

是的，一些制作手工空心挂面的老手艺人，用自己的时间、汗水甚至是对面食本身的热爱，用尽了力气，磨面、过罗、和面、盘面上杆等烦琐的工序，做出来的这样有着生命诚意的食物，不论是售出，还是被家乡的人带走，都只是被吃掉。

这种食物在人世间只是被吃掉，被赞美的范围太少，或者说，缺少描述，那么，这种食物就一直在人间沉默着。

沉默，这个词语或者并不准确。更好的描述应该是手工空心挂面的美好没有被充分承认。这样一种参与了生命艺术的劳作，应该有一束光照在他们做出的面条上。

这些经历过时间和手工匠人的热爱所做出来的食物，应该有一个特殊的身份，甚至，应该有像冯杰在外婆家里吃过的那种美好的记忆。要有故事，更要有故事之外的意义。

在超市里，各种高、中、低档的挂面，充满了货架。如果将滑县这些传承了数百年的民间手艺做出来的空心挂面放进那些超市中，该如何让那些热爱吃面食的人一下子发现呢？

很难。因为，这些做手工挂面的人，他们的力气，他们的时间，他们的感情，都只有固定的存量。他们没有大于二十四小时的精力，也就是说，他们没有能力做出让超市里每一个人都去选择的挂面的数量。

没有数量，那么它们注定不会成为流行的食品。

张娇的想法是，我们先拍一个纪录短片，将手工挂面制作的全过程录下来。不只是录下他们制作的过程，还要录下双战的辛苦，他们的表情，他们对面食的理解，他们的日常生活，他们的收入，以及他们对美好生活的向往。

是的，录的是面食，录的也是人，是人与面的故事。

张娇是那个吃过鸡蛋后，一定要找到下蛋的鸡的那个执着的人。她擅长发掘沉默在民间的宝贝。她觉得，这样烦琐而又充满了时光意味的挂面，尽管没有可能大量地上架到城市的超市里，那也一定可以到城市中来说服一部分人，让他们吃到，让他们赞颂。

张娇带上我们，是去发现、去对话这样一种可口的面食。目的是，让这些沉默不语的挂面，走出那个村庄，让它们用自身的品质去说话，让它们的故事找到读者，找到磁场相似的人，找到面食的爱好者。

三

傍晚时分，趁着醒面的间隙，张师傅给我们下了几碗鸡蛋面条。那面条的香味让我直接回到幼年的乡村生活记忆里，西红柿的清香伴着面条本身的麦香，像我出门时母亲的一声叮嘱，暖且

一锅新鲜的空心挂面

珍贵。一碗面条，将我内心里关上的一些抽屉打开了。

一碗面里，盛满了豫北平原的勤劳，也盛满了乡愁和历史。我们就坐在一院子的挂面下面，吃了一碗西红柿鸡蛋挂面。在看过了他们盘面、醒面等十多道程序之后，再来吃这碗面条，我们的胃部仿佛被打开了。觉得，我们接收到了这一碗面条里所有的密码，那些密码是细腻的滋味，是耐嚼的香气，是可以送人并让亲朋好友一起来分享的一份平原的说明书。

这面条细如发丝，但又是空心的。这样介绍，便有了哲学的意味。

　　张师傅做了几十年的手工空心挂面了，是家传的手艺。面团和好之后，放在一个大盆里醒着。醒多久呢，这和天气有关系。晴朗的天气醒的时间短一些，如果是阴天，则要多醒一会儿。

　　日常生活里，醒字多是和睡眠有关系。醒面，就仿佛是将一团面从梦境里叫出来，再和它商量一些事情。而在面团这里，"醒"意味着安静、保温，甚至要盖上一块盖头，有点儿让面团睡眠的意味。

　　一盆五十斤的面团差不多要醒半个小时，才可以从面盆中取

醒面

出来，之后要在案板上摊成薄薄的面饼，然后用一个盛菜用的盘子切成粗粗的面棍。再后来呢，将这些粗制的面棍用手揉得细了，盘到面盆里，便又要醒一次面。

从面粉变成面条的过程，那面要醒上许多次，每一次醒面的时间都会略有不同，这和面接下来的形状有关系。基本上，面条变得越细，醒面的时间就越短。

面粉遇到水之后，成为面团。面团里面总会有一些颗粒状的小面疙瘩没有完全和水融合。醒面更多是让面粉内部的分子相互交流，充分地讨论人生，完全了解后拥抱在一起。

醒面其实是一种社会学范畴，让面粉的颗粒一粒一粒之间都没有认知的障碍，相互理解、包容，最后成为一个完美的面团。

张师傅说，面条里放了细盐。放多少盐是有讲究的。盐多了，太咸；盐少了，面条的弹性不足，等到面条挂到面杆上时，往下用力一拉，断了，那就失败了。

而盐在面粉里面调节着颗粒之间的关系，盐对面粉是一种干预。盐会让面团的内部生出气泡，而这些气泡在面粉被切成条形的时候就躲藏在一条条的面棍里，直到挂面上了杆，被拉伸，成为细如发丝的挂面，那气泡也被拉长，成为一个个的气孔。

这是我对张师傅解释的再注释，张师傅的解释简单，他只说："空心是因为和面的技巧，醒的次数多了，面条便会生出气泡来，而这些气泡在面团里被和面时的手一次次打破、重组、分解，最终平均分布于面团的各个地方，成为细面条气孔的来源。"

醒过以后的面条会筋道一些。水分被脱离了一部分，面块变硬了，还有，便是时间的赠予。是的，半个小时的醒面过程，让面粉发生了变化。一部分松弛的面和另外一部分紧凑的面交融后，变得有了平均感。

张师傅将醒好的面放在案板上，捧打、揉搓，而后又团成憨厚的一团，继续醒面。原来，他通过捧打这面团，便知道了面的柔韧度，也知道接下来还要醒多久，才会变成他想要的样子。

这一切都是模糊的，单纯是因为张师傅长时间地和面，手触摸上去的光滑度，面团表面的气泡分布情况，以及面团内部的温度，用力撕扯面团时的阻力大小，等等，这些既数学又物理的内容，在张师傅这里，都变成了一次次的感官试验。

他和他的老伴将面团擀成了一个面饼，然后用盘子切割，切割的时候，他感觉到那粗制的面棍有些瓢，他用手捏了一下，说"不硬"，然后撒上了一些面粉，用盖布盖上了，说："再醒醒。"

和好的面如果太硬了，那么便要加一点水，让面团的柔软性好一些。这样的话，将盘好的面条向下拉的时候，才不会因为面硬而断掉。同样的道理，如果面太软了，要再加一点面粉，放在那里重新开始醒面。

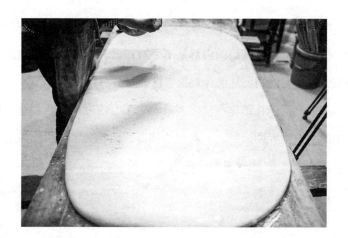

摊面

切条

醒好了面，张师傅像个孩子似的用手在案板上玩了一会儿面，仿佛要听一下面团的内部是不是有声音。作为一个做手工面条的人，他对面粉的熟悉像对他自己的过去一样熟悉。

我们已经坐在那里将整碗面条吃完了。吃完面，我便也从记忆中的乡村世界回来了。一碗空心挂面，面是父辈的付出，有力气有汗水，有智慧有观察，而汤则是母亲的耐心，既温暖了胃部，也叫醒了味觉。

四

夜晚住在了八里营镇政府附近一家小旅馆里，说是有温泉，但我们没有当真。

晚上要醒面，所以我们要早一些睡觉。凌晨四点钟左右，张师傅要起来盘面。景超和刘滨则要在四点之前起来，赶到张师傅家里布景，还要考虑光线。所以，晚上的时候，两个人讨论了很久。他们说的内容，全是技术的语言。挂面在他们两个人的眼里，不只是口味和历史感，也是镜头里的慢与快，是被更多的人看到以后一种什么样的呈现。

我一觉醒来，发现房间里早已经没有人了，天已大亮。两个年轻的摄影师是凌晨三四点钟便起床去拍照了，他们没有叫我。

早餐在小镇的街头买了一份壮馍。这是河南濮阳的名小吃。壮馍的重点字在于"壮"，意思是这个馍很强壮。它是一种在煎锅或者油锅里煎出来的油饼，分为荤素两种。那天，我们好像吃的是牛肉馅的壮馍，每人吃了一小块，便觉得强壮了许多。

再次到张师傅家里时，张师傅已经开始铺面了。

两个拍摄的年轻人，紧张得像是突然遭遇了一场战争一样。我们所有人都帮不了他们，只能看着他们摆弄三脚架，布置平衡光源。然后，让张师傅在镜头里走动，来试镜。

我们看得出，张师傅有些手足无措，他不知道该如何干自己的活儿了。

张师傅将自己的衣服整理了一下，张娇说，等一下。张娇眼尖，说，衣服兜上的盖子没有掏出来，皱巴巴的，不好看。要掏出来。

张师傅连忙将一盒烟从兜里掏了出来，放在不远的桌子上。这样，衣兜平了，镜头里呈现出来的人，便干净了一些。

张娇在两个院子之间来回穿梭，因为她要安排镜头的拍摄顺序。拍完张师傅，又要赶到双战家里，拍双战媳妇盘条上杆的几个镜头。

盘条上杆是一个非常适合女性做的工作。在我的记忆里，我的母亲曾经做过类似的动作，自然，她面对的不是面条，而是一堆棉花，将棉花抽丝，纺到一个锭子上。

双战的妻子张红党正年轻，镜头拍到她的时候，她有轻微的紧张，低着头，不看镜头，不停地将粗粗的盘条挂到两根木杆上。她上杆的速度太快了，中间我们一度以为她对自己的两只手摁下了快进键，不然我们的眼睛根本不够用。

我对着张娇说，你看看这个自带小马达的双战妻子的双手动作，就知道，她已经做了很多年，她的一双手对面条熟悉到可以和面食成为亲戚的地步了。

转身看向两个摄影师时，却发现，没有人了。再一看，才发现，刘滨和景超两个人一个躺在双战媳妇的左边，一个躺在双战媳妇的右边，两个人用仰视的角度在拍双战妻子上杆的那一瞬间。他们是想拍面条上杆之后抖动的那一瞬间，他们要的是特写。

其实，只是为了一秒到三秒的镜头，两个年轻人，躺在地上整整半个小时。要知道，地上只垫了一张旧报纸，他们身体下面是冰凉的水泥地板。正是3月的春寒，我拍了一张两个人躺在地上拍摄的照片，然而因为光线有点暗，并不清晰。他们和做面条的双战夫妻一起，成为一个故事的讲述者。

我们跟着镜头一起分解他们做面的过程，同时我们也反复熟悉了做面的步骤。我们吃了他们做的手工面条，差不多便是和这些做面条的人进行了一场交谈。

张师傅做了几十年的手工空心挂面了，他从来没有意识到他做出来的每一根空心挂面，都是他的作品。因为，每一根空心挂面都需要他花费相同的时间、力气，甚至还要考虑面粉的质量、盐的多少、天气状况等。

双战到底是年轻一些，一开始做手工空心挂面，便自己定制了一批纸箱，箱子上印着他的名字和手机号码。这便是时代给他的教育，他有了自己的版权意识。只是，双战的箱子普通，缺少美感。他还不知道，他的劳动是一种审美。

张娇将双战和张师傅做好的空心挂面用上她的包装纸，立即便有了不一样的面孔。是的，一个城市人的视角，远距离的观看，理解和懂得，都在那一张薄薄的包装纸上了。

这自然是一种城市文明对乡村文明的侵略。然而，在这一子挂面里，包装纸这种外在的东西，不过是为有灵魂的面条服务的。

我们一行几人，来到乡村，吃住在这里，也是城市文明向乡村文明致敬的意思。因为这种超越时间的民间智慧，接续了中国的传统，唐代时是这样，宋时也是这样，元明清也是如此。一碗面可以穿越历史，那么我们为什么不让更多的人知道这一碗面的生产过程，以及这过程中所蕴含的智慧呢？

包装好的手工空心挂面被带到郑州后，张娇会在自己的网店出售，也会在一些读书活动上推荐。张娇是一个讲故事的人，她将这些年行走时所发现的乡村手艺人和食物都记录了下来。她觉得，应该让更多的人和她一起来分享她认为美好的事物。

张娇觉得，她的个人史里满是河南乡村的风声。的确，张娇非常熟悉河南省各个地域的特色，她去自己的老家找到了最好的柿饼，到作家墨白的老家去寻找一款最好的金针，到我的家乡兰考去寻找最适合城市人食用的红心地瓜……这些年，她去过太多次乡村，她比大多数城市人了解乡村，同时她又知道这些乡村里美好的食物，在乡村世界里很难售出好的价格。她在城市里有一群追求生活品质的朋友，而她又在乡村世界里发现了如此多的食材，她觉得，她有义务让城市中越来越多的人认识乡村，认识乡村里的美好的东西。而同时，她又觉得，每一个食物背后的人的故事也非常吸引人。

所以，这是她去拍摄张师傅和双战夫妻的原因。她想让城里的朋友，以后在吃到她从乡下带回郑州的挂面的同时，也能看到，这一包包的挂面，从面粉到细如发丝的面条的制作过程是如此复杂，而且充满了智慧和力量。吃这一子空心挂面的人，吃的不仅仅是一包挂面的味道，还对已经流传了数百年的手工挂面制作史也了解一些。

而这些消费挂面的人，吃完了以后，会对挂面有更加深刻的认识，他们会介绍给更多的亲人和友人。这样的话，张娇不只是将乡村的一种食物卖给大家，她做的最为珍贵的事情是，她正带领着一个又一个城市人，重新发现手工空心挂面。

发现手工空心挂面这件事情，它的意义远远大于多卖几子挂面，多挣一些金钱。发现挂面，其实就是发现一个村庄的文明，甚至是发现一种食物的历史。发现挂面，就是发现一个让人感动的故事。张娇带着我和摄影师前期去做的工作，正是讲述这些挂面的故事。

第五章　一碗空心挂面里的乡愁

一

每年五一节过后，家里的农活儿忙得差不多了，张相连便会去县城附近打工。1964 年出生的他还算年轻，依他的话说："只要做过手工挂面的人，大多体力活儿便都能做。"

入夏了，天气变热，手工挂面做不了了。

热，便不行。这让手工空心挂面更加珍贵。

在旧年月里，手工挂面只在冬天做，因为冬天寒冷，面条的保质期要长一些。现在呢，大概是气候的变化，以及地理位置的优越，滑县的乡村，在春天和秋天，也可以做挂面，做出来的滋味，也是极好的。

容易存放是挂面最大的价值。战争时期，挂面是士兵随身带着的食物，因为在特别饥饿的情况下，手工空心挂面可以生吃。太阳将面粉中的湿气全部驱除后，面粉里的盐的味道便突出了，有了盐，吃了它便有了力气。

张相连所在的村庄位于豫北，因为在黄河的北边，历史上没有遇到过水灾，所以一直属于粮食稳定生产的县域。

这里的小麦经冬时一般会被大雪覆盖，春天时如果雨水充足，那么，入夏以后，小麦的颗粒会非常饱满。旧年月里，这里种植的小麦均是那种粗短麦粒的品种，这样的品种，色黑，耐嚼，虽然不是什么高产的品种，但是做出来的馒头吃着很香。

"香"字该如何解释呢？

有两个词语，可能只有中原地域的人才能懂：一个是甜，一个是香。比如，早餐，我幼年的时候是喝甜汤的。什么是甜汤呢？其实就是将面粉搅拌成面糊，水烧开了，和进锅里，便是甜汤。放糖吗？当然不放。中原的口语中，甜是针对咸来说的，只要不是咸的，便就用甜来表达。我们经常会在馒头前面也加一个甜字，甜馒头。当然，如果是好面做的馒头，嚼起来有淡淡的麦芽糖味，也是正常的。

香，是另外一个表述范畴。差不多，它代表着稀有、珍贵、干净以及快乐。从地里挖出一个红薯，洗干净了吃，也会说，真香。

这个香味和所谓的油炸出来的香，完全不是一个指向。这个香，是指食物自然的味道，它完整地保留了食物自身的味道。馒头如果有小麦的味道，那么便是香的。

在张相连的记忆中，滑县的麦子是香的。这和地里的泥土有关。滑县的地质多是有肥力的黏土，适合种小麦、玉米等主粮。如果是沙土地，则适合种红薯、花生或者西瓜。

一个做手工挂面的人，自然会对小麦有亲近感。他们家收麦子的时候，张相连会揉几穗麦子，咯嘣咯嘣嚼嚼，好判断麦粒中的香与甜。

若是那年的阳光好了，麦子的收成就好。收成好了，面粉就好。面粉好了，那么做起手工挂面来，心情也好。

张相连平时也是过了中秋节开始做挂面，坚持做到春节，过春节时休息几天，之后会一直做到3月底。这是他的时间表。

一开始，他并没有购置那个半自动的和面机。和面需要两只大号的盆，面粉初遇水会自然产生一些气泡和疙瘩。这些都是小儿科，最为重要的是面盆太重，家里的桌子承受不了面盆的重量，只能半蹲在地上来和面。

弯着腰，一盆面和好，力气耗去了大半。好在面和好以后，需要放在那里醒上一醒。醒面就是人和面同时休息。面在盆里安静地待着，气泡与气泡之间互相串通和分离，而和面的人，伸直了腰，看着面，觉得这面从此以后可能就离开他了。当面粉经过他的手，和成了面团，再做成面条，那么面就像一个渐渐有思想的人，越走越远。面遇到不同的人，便可能会被加工成不同的口味。张相连有时候这样想着，自己的面被不同的人吃、和不同的食物搭配着一起吃，便觉得自己的工作是有价值的，他也因此有了存在感。

和面的技巧是，水不能放多了。盐是溶化在水里的，如果水放多了，盐自然也就多了。盐多了，面的筋道有了，然而气泡会不足，那么拉出来的面就会成为实心的。

和面除了力气，还是力气。一个用手无数次触摸过面粉的人，他们对人的态度都会变得更加和善，因为面粉太柔软了，像一个初生的孩子一样。

张相连没有数过自己和一盆面要揉多少次，就像一个诗人不熟悉自己使用过多少枚月亮来抒情一样。一个做面条的匠人，也从不知道自己究竟揉过多少次面团，才能让面的柔韧度刚好。

面必须经过摔打、揉捏和静置。揉捏是为了让面粉与水充分融合，而摔打是为了让面团里的筋道均匀地分布在面团里，静置就是醒面。

醒面的时间并不固定，最好能久一些。

如果是晚上和面，大都会用布盖好面盆，让它在黑暗中沉睡，天亮以后还要再垫两遍面。"垫"字，依然是一个和面的术语，准确地说，是用拳头不停地捶打面团，直至将面团的各个部位都触碰到，让面团的内部结构重新组合，再放到盆里，继续醒面。如是者三，和面才算是结束。

张相连自己的规矩差不多是这样的，醒三次面以后，面的柔韧度便适合盘条了。因为，一旦进入盘条的程序，那就开始了从面团向面条的转变。

之前每一次对面粉的揉捏、静置、捶打，都是为了让面团的结构完全融合，让面团的外面与里面交换位置。面粉在与水相遇的过程中，一定有部分面团的吸水量是大的，那么它们便格外地柔软，这些柔软的部位就像一本词典里集中摆放的形容词一样，现在，和面的张师傅，将这些词语一下打乱了。让面粉与水沿着力量的方向奔跑，直到力量停止，面团里每一块面都承受了挤压，都变得更加开放和宽容。这个时候，面团的柔韧度达到了接近饱和的完美。

醒面的时间，最短也要半个钟头。"半小时呢，我就可以吃完一顿饭了嘛。"这是张师傅的话。原来，醒面的时间并不是因

盘条

为面的要求，而是吃饭的时间需要半个小时。

醒面是让面睡觉，这种矛盾的称呼一直让人不解。张师傅的解释是，这是一种农村方言，不但对面这样说，对孩子也是这样说的。比如，一个孩子早晨起不来，就会提前半个钟头叫他起床。孩子不起呢，大人们便会说，让他醒醒，醒醒再说。

这个醒字，不是让孩子马上坐起来穿衣服，而是让他不要睡那么深了，再浅睡一会儿，等半个小时以后就要坐起来了。所以，这个时候，对孩子说的醒醒，也有闭上眼睛休息的意思。

这样一解释，醒面差不多也是让面休息。

醒过三次以后的面团，一般比较光滑，用手拍上去有一种清脆的声音，像极了拍一个孩子的屁股的声音。这个时候，说明，面已经醒好了。它的弹性刚刚好，就像一个故事开始的部分，一盆面已经做好了准备。

二

张师傅在堂屋的角落里，将面盆上的盖头全揭了下来，等着他爱人过来帮忙。他说，接下来要两个人一起做，要将面团摊成面饼。

堂屋当门摆了一张专门定制的长方形桌子，案板很厚。看得出，这个案板张师傅是想要传下去的。只是可惜，他唯一的儿子大学毕业后留在了城市工作。

一说起儿子，他便露出一股子自豪，看得出他仿佛很开心儿子终于没有像他这样，也做手工挂面。

他爱人轻手轻脚地过来了，一边笑着说，孩子刚哄睡。平时，是张师傅一个人在家里，他爱人进城帮儿子带孩子了，小孙子还不满一岁。这次，张师傅的爱人带着小孙子回了乡下，大概是因为我们来拍摄张师傅做面条的纪录片，她才专门回来帮忙的。

当然，也有可能是地里的庄稼需要两口子共同打理了，所以才将孩子带回了老家。

正是 3 月，天气还很冷。农村的房门从来都是打开的，房间里与室外的温度是一样的。

张相连不停地搓着手，他已经将案板清洁好了，准备将盆子里的面放到案板上。

一盆面有五十斤，张师傅吃力地将面盆搬到了案板上，然后将面盆翻过来，扣在了案板上。面团有些粘连。张师傅用手不停地拍打着面团，说，面有些瓤。河南方言里，瓤就是水分多，软的意思。

这个时候再加面粉肯定是来不及了，怎么办呢？

张师傅说，再垫一遍，再醒一次。

于是，在案板上，张师傅又垫了一次面。他捶打面团的左边、右边、上边、下边、中间、中间偏左、中间偏右、中间偏上、中间偏下。左上边、右上边、左下边、右下边……他最后停在中间的位置，不停地往中心的一个点用力捶打，一会儿打出一个深深的面坑。他又将左边的面往坑里揉捏，右边的面也是如此，上边的，下边的。就这样，他完成了垫面，累得脸微红，喘着气说，面最黏人。

又醒了一次面，醒面的时候，张师傅和妻子说话，我们在旁边拍那块巨大的面，面在案板上像是一个睡熟了的孩子。张师傅是一个完美主义者，他拍打的痕迹是圆润的，没有缝隙的。但是，因为他的拍打，我们发现了面团里的一些小小的气泡。张师傅说，这些气泡主要是盐巴在面粉里的作用，当然，均匀地拍打也会让面粉内部发生变化，产生空隙，从而生成气泡。而这些气泡，将是手工挂面空心的原因。

张师傅像是给我们做了剧透似的，他的确是手工空心挂面的总导演、总编剧。

面团又醒了三十分钟之后，张师傅用手再次拍打那面团，声音比刚才更清脆了，或者说更有弹力了。张师傅说，这样子才刚刚好。然后，他的妻子听懂了，从旁边拿了一根很粗的木棒，是擀面杖，但是这根擀面杖是一个 plus（加大）版本。大概只有在摊饼的时候才用得到。

只见张师傅在面团上向着东西南北四个方向用力地各推了一把，面团便由一个圆滚滚的样子变成了四方的样子。而这个时候，张师傅和妻子用擀面杖均匀地轧着面团，从左至右，又从右至左。这样来回轧了五六遍，面团已经摊在了案板上，长长的，椭圆形的。

两个人一人站在案子的一边，张师傅主导着方向，他用力的时候，会看一眼妻子，妻子便明白了。张师傅的力气自然比妻子要大一些，所以，轧完之后，他和妻子换了换边，他到了妻子刚才站的那边，然后，又轧着面饼来回走了两趟。这一下，不但中间的部分平整了，连边上的都得到了修饰。

一张和案板同样大的面饼摊在那里，看起来十分壮观。我开玩笑地对张师傅说，现在这面饼上如果撒一些黑芝麻就好了，到时候面条做出来，每一根面上都有这些芝麻点，一定好看。

张师傅说，现在做手工挂面的人，往面饼里撒黑芝麻的还没有，但是往面饼里加菜汁、加黑面的是有的。这样做出来的空心挂面，便颜色好看。但是，不论加什么东西进入面里，都要使面团的柔韧度饱和，不然的话到最后拉不成，一拉就断了，那就坏了。不但影响面条的制作，还影响面条的筋道和味道。

张师傅将这些原理讲清楚了，便开始将面饼裁切成粗条。

张师傅的工具非常神奇，他竟然选了一个中号的陶瓷菜盘作为切割的工具。张师傅说，用这个切割比刀子切割当然要费力。可是，当张师傅滚动手里的盘子时，我们明白了，盘子与面接触时因为陶瓷的光滑，不会被面粘住。还有就是，张师傅使用盘子的时候，正面是朝向他自己，这样裁切，在转弯的时候，盘子的圆边帮助了他，使得他在转弯的时候非常节省力气。

张师傅在一张巨大的面饼上裁切出像日常食用的馒头粗细的

面条，当然叫这样一张面饼切出来的样品为面条，确实有些词不达意。想了想，像这样绘画一样裁切出来的"面条"应该称为"面棍"。的确，它像一根木棍那么粗。可是，张师傅说，面棍不好听，像是打光棍儿，农村人忌讳打光棍儿，所以不敢叫棍。叫什么呢？我们一时间在那里犯了难，觉得不如叫"面切"吧，反正这是一张面饼切开以后的样子。

面切，张师傅没有听太懂，说，我们称作"盘条"。因为切开以后的面饼，像一道数学题被解开了一样。现在平静地躺在这案板上的被切开了的面饼，成了一根蜷缩在一起的长长的"盘

醒条

条"。

张师傅裁切的时候是逆时针沿着案板四周转动的，他先切外圈，然后一圈一圈向里切。切完以后，整张饼像一盘蚊香的图案，看起来整齐、严肃，像是一个画家在这张面饼上画了一幅画，而现在画上的这些线条活动了起来。

张师傅又往"盘条"上面撒了一层面粉，他的说法是撒点儿"面醭"。干面粉，在乡下总是叫"面醭"，让人不解。

面醭撒完了以后，张师傅又说，得让这些面条长长身子。意思是，它们刚刚从一块大大的面饼上分开，还不适应，让它们长长身子、伸伸懒腰，也就是醒面的意思。

张师傅到屋外面站了一会儿，他也伸了一下懒腰。他的胳膊刚才在切面条的时候，弯曲得很厉害。有一个角度，他像是把自己当成了一个弓箭手，几乎是和面饼呈九十度角。他只需要移动一下身体，便可以节省很多力气，可是，那一瞬间，他忘记了这件事情，他投入地阅读着那一块面饼，他的盘子的路线是在脑子里设想好了的，他要认真地按照规划完成。他有些小心，又有些吃力，直到身体里的力气释放尽了，他才发现是自己的姿势没有调整好。这就是投入的代价。人一旦投入到某件事情里，便少了距离感，而没有距离便会多付出很多精力。

张师傅回到房间里，拿着那个盘子让我们看，说，这个盘子质量是很好的，我们平时吃饭都不怎么舍得用。总觉得，它是有功劳的。

我们这些人不理解张师傅的这种感情，不就是一个普通的盘子吗？超市里多极了。然而，在张师傅这里，他是给自己用过的器物编了号的。比如这个盘子，他已经用它切了多年的面饼，就仿佛，每一次切面，张师傅都给这个盘子做了一个登记似的。

切条完成后，大概醒面的时间有半个小时，张师傅开始盘条。

盘条是一道非常重要的程序。自然，从和面开始，每一道程序，都是极其重要的。而盘条的重要性在于，这是最后一道出力气的活计。和面需要力气，轧饼需要力气，切条需要力气，那么现在，到了盘条，仍然需要力气。

盘条，顾其名可知，是将刚刚切好的粗条用手盘一遍，使粗条变细。

张师傅一只手拿起粗条的一头，放在了案板的一角，用两只手顺时针轱辘了几下，粗条立即变得更加圆润了，也变得细了。这个时候张师傅的爱人也站在了他的旁边，等着将他盘过的粗条再盘一次。张师傅在前面盘条，用力揉搓，他其实是在用心地感受粗条经过几次醒面后的柔韧度。如果这个时候粗条的手感还有些软，那么他的手上会多抓一些面醭，甚至下一次醒面的时间更

二次盘条

长一些。如果天气干燥，或者是前面的过程中面和得硬了，张师傅说，会在案板上放一碗水，面硬了，会用手不停地蘸点水，让面再软下来。

张师傅在前面盘条，张师傅的妻子在后面将他盘好的粗条按着逆时针方向正好收在了和面的面盆里。张师傅盘条盘得很快，他手上的筋清晰可见。盘完整张案板上的粗条，需要喝一碗水。这还是春天呢，如果是夏天，不可能一口气盘完，需要歇息几次，天热，出汗多，要喝水补充体力。

张师傅的妻子，将已经变得细了一号的粗条全部盘进那个大

二次醒条

盆，满满的一盆。因为排列得好看，盘好的粗面条就像一捆绳子整齐地码在了那里一样。

张师傅说，还要醒面。这一次的面粉质好，和得也好，所以，醒的时间短一点，半个小时到一个小时都行。

这样的间隙，在过去张师傅一般都是出去抽根烟，听听树上的鸟叫声，想想没有完成的事。对于他来说，这劳作的间隙是珍贵的。小院里不缺鸟鸣，夏天时墙角的爬山虎还会开出黄绿色的花来，虽然没有认真看过，但他记得这样的事情。

从刚被切好的酒杯粗细的粗条变成只有手指粗细的细条，这中间需要盘三至四次，每一次都需要半个小时以上的醒面时间。

盘条是非常费力的，力气主要消耗在揉搓的瞬间，张师傅两手夹着粗条反复揉搓的过程，一是为了感受面的柔韧度，一是可以将手中的粗条再进一步变细。用力抓揉的瞬间，粗条变细了，但并不均匀，所以需要放在案板上，来回辊辘几下，粗条才渐渐圆润。

我们的手，平时并不会长时间用力抓一个东西，尤其是还要将粗条变细一些。这样重复的揉搓动作，让张师傅的手心部位有灼热感，手在停下来的时候，有轻微的颤动。他总觉得，如果再揉搓下去，他的手会僵在那里，合不上。

这个时候，他一般会用刚刚抽出来的地下水洗一下手，凉水让他的手恢复正常的温度。

然而，每一次盘条过后，有几天的时间他的手都不听使唤。

第三次盘条，粗条已经变成了中细条。张师傅的脸上有了笑意，说，到现在，可以说掏力的活儿干完了。

但是整个空心挂面的程序才只是完成了三分之一而已，后面的程序更加复杂、精细，有着抒情感，耗费的力气却不那么大了。

盘好的面条堆在面盆里，如同沉睡的孩子。张师傅给面盖上了一层薄薄的笼布。笼布是干什么用的呢？我们问。

张师傅说，保湿用的。当然，如果是春夏之交的雨季，这块笼布也是保持干燥用的。

笼布隔断了面条与外界的交流，那么面条便只能在盆里生长。这一次醒面的时间会久一些，如果是晚上，会去睡觉，让盘好的面条整整醒一个晚上。如果是白天，最好将这一次醒面的时间安排在午饭或午休的时间，这样可以时间长一些。因为接下来的程序，便是让面随力量变幻了。

张师傅说，之前捶打在面团上的每一拳，盘条时揉搓在粗条上面的每一抓，在接下来的程序里，都是有用的。醒面，让面团里的盐粒、空气和水分沟通、协商，甚至开战，在时间的静止中，面团的内部正在分化和融合。而后，由张师傅的手感判断出，面团的内部究竟是不是已经有了合力。是面粉、水和盐建立了一个制度完美的面条的国家，现在这个国家要进行的是一次面条形式的制度改革。

从面粉到面团，这是初级改革。从面团到面饼，这是二级改革。从面饼到粗条，这是三级改革。从粗条到中细条，这是四级改革。而所有的这些准备都只是为了最终成品——空心挂面做的铺垫。

一场改革的大戏，即将上演。

三

盘好的条在盆里要有足够的休息时间，细想一下，面盆里一圈一圈盘好的差不多是一种面条的政治学原理。为什么这一次的醒面时间要足够长呢？因为，之前的切条和盘条都是受力相对较轻的程序，而这一次，当中细尺寸的面条休息充分之后，那么便要上杆了。

上杆需要特别介绍一下。因为大多数人，并没有乡村生活经验，将已经盘好的中细面条上杆，像极了纺线时棉花的抽丝。其基本过程是这样的。首先要将工具摆好，在面盆的正前方放一个木槽，或者叫横木，横木上面已经钻好了无数个可以用来插入横杆的榫槽。这个时候，根据干活儿的人的身高、胳膊的长度，来确定两根横杆之间的距离，可以根据胳膊的长度随意设计。

两根用来挂面条的横杆插上之后，稳妥了，那么张师傅便开始上杆。

如何上杆呢？还要细细地说。

张师傅从盆中扯出中粗条的头，然后缠在一根横杆的上面。他是用"8"字的穿杆方法上杆的。一开始的时候，张师傅的速度很慢，他要将手中的面条再慢慢地揉搓一下，尽量地再细一些

上杆

再上杆。还有就是，他在揉搓盘条的一瞬间，大概对面条接下来的受力情况有一个判断，判断这些上杆的盘条在接下来的时间，是不是能承受住从上到下的拉力。这考验的不是哪一根面条的能力，是全部。

从这个角度来说，不停地醒面，其实就是让面条的内部结构更加均匀，让面团的内部缩小盐分的"贫富"差距，让它们深入地交流，成为亲密的关系。

上杆的姿势也是固定的。只见张师傅将一根面条在手中搓一下，先缠向左手的横杆，缠好一圈后，再反方向缠向右手的横杆，这样一圈缠下来，手中的面条刚好写了一个数字"8"。这样的"8"字上杆法流传极为久远。照着张师傅的说法，这种上杆的方法和用盘子裁切面，是一起从老祖宗那里传下来的，至少是从明朝开始的吧。

张师傅上杆是慢的，接近悠闲。而隔壁邻居双战夫妻，因为年轻，上杆极快。尤其是双战的媳妇张红党，在上杆的时候，她的两只手不停地揉捏，又不停地往两只横杆上面绕，只见她绕过来又绕过去，如同一只自动加速了的马达，娴熟到让人觉得她的身体里装了一个自动的摁钮。

张师傅给我们介绍上杆的重要性。因为上杆意味着面条就此开始形成了，不能出差错，上了杆，那面条就一直在这根杆上了。所以，一开始就特别重要。要将开头部分粘好了，再接着画8字。

张师傅说，一盆盘好的面条如果有五十斤，那么大概要上二十五副杆。因为两根横杆架着面条为一副，所以差不多就是一公斤面条便要上一副杆。

张师傅上杆的速度比较缓慢，这和他的性格有关系。他认为，所有经过他手的面条，都一定是他要了解过的。他细细地揉搓一下面条之后，准确地挂在眼前的横杆上，他挂得非常的完美。他说，挂太快了，有时候容易断，就有些麻烦，还得再上面，而且那样的话，那一截面在后来的拉伸中承受力就会下降，相当于一次不小心便毁了整杆的面。

张师傅揉搓过后的面条又细了一些，他说现在天气冷，面条不吸收空气中的水分，反而容易干，所以他的手每搓一会儿面条，就站起来，双手蘸一下盆中的净水。蘸了水，又小心翼翼地甩了甩手，不能太湿了。如果手太湿，会破坏整根面的均匀度。

我认真看了一上午张师傅上杆，他有快有慢，慢的时候是照顾到前面一圈面条缠得太松了，他的手要回过去，用力一拉，便均匀了。

醒杆

张师傅说，当然不会完美到松紧一致，但是要大概保持同样的长短和粗细，这样出来的面才会有统一的品质。

他也有快的时候，比如在两杆面的中间的部位，他会加快速度。因为之前的几圈他已经掌握了手掌中面条的柔韧度，所以他知道如何缠绕过去，如何绷紧面条，如何在收回来的时候迅速往回拉。就这样，每一副横杆的中间的面条，张师傅的速度是很快的，他加快速度的时候表情是紧张的，他的眼睛却一直眯着，藏着一窝微笑。

他说，每一次到上杆的时候就觉得很幸福，因为马上就可以挂到外面去了，这种幸福是别的劳动代替不了的。

在乡下，张师傅是一个全能的农民，地里所有的农活儿他都擅长。播种、施肥、喷药、浇水、除草、收割，所有的过程他都是纯手工完成的。现在好多了，播种也好，浇水也好，甚至是收割，大都是机械化了。可是过去不是这样的，一到夏天，张师傅都要瘦上好几斤，没有办法，出汗多。

相较地里的庄稼活儿，做挂面就算是乡村世界里最轻的活儿了。

张师傅有时候累了，会在院子里转上一圈，活动一下肩膀，对正在拍摄的摄影师说，这活儿不算累，就是单调，需要有耐心。如果割麦子，可以甩开膀子干，这个不行，有力气也不能用完，你知道，得拿着劲儿干活儿，这反而更累。

拿劲儿，不是用尽力气，而是拿着点尺度，省着力气，这样比自由地使用力气要累得多。所以，张师傅的累不是身体的力气用光了，而是力气还有，但是姿势难拿捏。

任何劳动，如果成了一个熟练的工种，都有艺术性在里面。看张师傅坐在面盆那里揉搓后上杆，你会发现，他的动作像是一个舞蹈。左手向前挑过后，右手向后拉回来，然后呢，右手向前挑过，左手再拉回来。

他对面条的熟悉，他对横杆尺寸的熟悉，他对面盆的熟悉，都是一种长年累积的生活记忆。而这样的记忆，让他可以闭上眼睛完成。

他讲了一个笑话，说有一年的秋天，他白天干了一天的活儿，晚上有些困，可是盆里就剩一点点面条了，他急着上杆，于是就咬着牙干。这种上杆的活儿他非常熟悉了，所以，就闭上眼睛，一边休息一边揉搓，就这样竟然睡着了。他的妻子就坐在他对面，赶着做一些针线活儿。于是，他妻子就看到了有趣的一幕，只见张师傅的手自然地动着，往杆上挂面条，可人却已经开始打呼噜了。他竟然开启了"自动驾驶"模式。

这件事情，让他妻子笑了好多天。但也充分说明，一个人对某种劳动熟练的程度到了，哪怕是睡着了，大脑已经不工作了，可是他的身体还会按照惯性再做一会儿。

将面条从盆里上到杆上，这是一个最为关键的程序。如果之前对面的动作全都是捶打、揉搓，那么上了杆之后，便只剩下拉伸了，力气活儿便没有了，有的全都是技术层面的活计。

所以说，张师傅在干活儿时脸上不时露出来的笑容，也和接下来的活儿变得轻松了有关，胜利在望了。

上杆慢的好处有很多。张师傅说，接下来的每一步如果有问题，都是因为上杆的速度太快了，导致挂在杆上的面条有粗有细、有松有紧。那样的话，在接下来的程序中，就会让拉伸后的细面条有质量问题。有什么问题呢？张师傅将手中的面条突然用力拉一下，面条变得细了，他放在那里，说，比如这一段面条，比其他部位的面条偏细，等面醒好了以后，这些面条要受同样的力量往下拉，拉成细如发丝的空心挂面。这个时候，这一截比别的部位细很多的面就有可能会断。即使不断，但是因为它提前变得细了，气泡就不均匀，出来的面条就有可能不是空心的。

所以，上杆这一个步骤差不多是对后面面条的一次整体的质检。

上得慢，张师傅的计算往往精准。比如，他看了一下盆中的盘条，会说一句，这次的水加多了半碗，后来多加了一碗面粉。所以，比平时要多出一副杆。

平时一盆面要二十五副杆，这一次可能因为半碗水和一碗面粉，便会多出一副横杆。等到上杆完了，果然是这样。

这种模糊计算的能力，也属于艺术范畴。一个好的工匠，从某种程度上来说，就是艺术家。他们对事物的了解，已经达到了哲学的境界。而这些美好的认知，也有助于他们在其他领域的劳作。

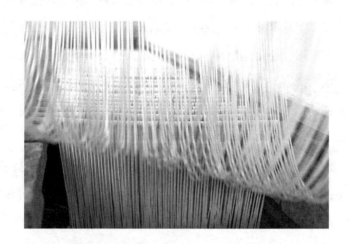

醒杆

　　需要介绍的是，当一副横杆上好面条以后，这一副挂满面条的横杆，要从木槽上小心翼翼地取下来。取木杆的时候也有技巧，如果用力过猛，会不小心将杆上的面抖落下来，那么就要重来一次。所以，张师傅在取杆的时候半弓着腰，先用手将两边的木杆摇动一下，相当于是对两根横杆的一次口头通知，然后，他的两只手均匀地用力将横杆轻松取出。

　　取出来之后，要平行地端着那副横杆，这时他的妻子已经将墙边的面槽打开了，张师傅便轻轻地将手里的横杆放入专门盛放横杆的面洞里。

　　张师傅说，这叫作将挂杆放进"洞里"。说是洞，事实上不过是他用木头做的一个箱子。上面没有盖，两根木杆刚好横架在那箱子上。等到五十斤面全都上了杆之后，张师傅会用一个干净一些的被子将这个面槽盖好。这个时候，上杆的工作就全部完成了。

　　接着呢，仍然是醒面。

四

　　醒面的空隙，张师傅也会做一些其他的事情，比如去前街问一问邻居家麦种的事情。

　　还有，就是作为一个种庄稼的能手，家里时常会有邻居过来，问他八亩地要用多少袋肥料。

　　张师傅呢，就会仔细地问清楚对方准备种什么，然后再告诉他们上什么肥料，买多少袋。

　　因为儿子在城里工作，张师傅觉得自己的手艺要荒废了，后继无人，所以村子里只要有愿意学的，他都会教他们做挂面，只是很多人没有耐心。做手工空心挂面的技巧，不只是面粉的比例，最重要的是手接触面的感觉，这种感觉完全是一种经验。张师傅会做，但没有能耐表述出来，所以他仿佛并没有教出好的弟子。

　　张师傅对自己做出的手工挂面是不是好吃，没有特别的概念。偶尔会说一句，有人专门跑到他家里买挂面，当时正好没有，就很失望地离开了。

　　张师傅的意思是，这样的事情不止一次，可能说明他做得还不错。这还是我们启发他，他才举这样的例子。

　　他的朴实是可信的，这和他长时间与麦子、面粉打交道有关系。那些面粉在他的手里揉搓一下，便有了生命，有了滋味。

　　盘条上杆之后，醒面的时间并不长，因为中间要做一件事情，叫作"过交"。

　　"过交"显然不是近代以来的词语，如果仔细描述技术要领的话，是这样的：用工具将缠绕在两根横杆上的面条梳理一下，使缠挂在杆上的面条与面条之间保持着礼貌的邻里关系。是的，它们不能有感情的纠缠，不然在接下来的拉伸中会相互拖累。

　　所以，过交是一种干预，也是一种梳理。过交的动作，看似极为简单，就是将在面槽中休息的面条取出来，一个人双手稳稳地拿好，另一个人用两根干净的木棍，伸进"8"字的两边，随着面条的方向，上下左右地撑一下面条。不是用力地拉伸，而是用木棍碰触面条，使得面条与面条之间的距离依然克制。

　　前面所有的程序，我们这些拍摄者都没有办法参与。我们不会揉面，也不会盘条，更不会上杆，但现在我们几个和张师傅说了一下，想试着做一下过交的动作。

　　张师傅有些担心，将两根干净的木棍递给我们，说，轻些就好。

　　于是，张娇先试了一下。她心细，手上的力量用得很轻，可是就在她向外面撑起面条的时候，她觉得自己的力气还是用得大了。她还没有来得及收回，中间的一根面条已经断了。

　　"断了。"张娇有些紧张，说，"看起来好容易的，怎么我的手就不听使唤了呢？"

过交

张师傅说，你太紧张了。过交的动作就是要轻，用你的手拿着那根棍子，用你的耳朵听木棍与面条接触的一瞬间的声音。

张娇又试，还歪着脑袋，听声音。她当然什么也听不到，哪有声音，有的是她自己的心跳。她真的是紧张了。

张娇长于摄影，在手工制作上有多种技能，她不是一个手脚笨拙的女生。然而，在这最简单的过交的动作中，她体会到了什么叫熟练和生疏。因为，她知道，只要自己的力量不均匀，便会让悬挂在杆上的面条断掉，越是这样想，她的手便越不听自己的使唤。

　　张师傅便又接过了张娇手中的木棍，只见他用力地将面条向两边分开，他的力气很大，但是在分开到两边的时候，他有一个停顿，仿佛是在有意地等一下那面条左右摆动的旋律，再然后，他又将木棍收回，重复着这样的动作，是自由的。他无论是轻柔还是用力，只要木棍和面条一接触，他立即就知道该如何控制那力量的大小。

　　我很快便发现做手工挂面的过程有一种哲学上的完美，因为做手工的程序不单是一种技术的试验，还是一次又一次哲学的展示。比如"过交"这个程序，在整个做面条的过程中，这道程序几乎是可以忽略的，但又十分重要。它的重要性在于梳理和总结之前的工序。在之前的程序中，尤其是在刚刚完成的盘条上杆的过程中，盘好的中细条在缠到横杆上的时候，难免会因为误差、人的姿势以及力气的不均，而导致有的面条缠到横杆上的长一些，有的则可能会短一些，这样，在拿起那副横杆的时候，便可以发现，盘条上杆是不可能做到完美的。那么，"过交"这道程序便可以修正这些不完美。"过交"既是对醒面时有些面条因为亲密交谈而产生的粘连进行分离，更重要的就是让之前的长短不均、松紧不协调的部分，在过交的时候有意识地拉伸，这样这些上了杆的面条便开始整齐，甚至协调了。这样的一种梳理、察看，用一种可以轻盈操作的方式完成，怎么看都觉得是一种哲学上的自省。

张师傅将全部上杆了的面条"过交"后，又放进了面槽里，说是再醒一次面。这一次时间还要久一些。

因为和温度有关系，正是春寒料峭的时候，温度不高，需要多醒一段时间。接下来面要出杆，出杆就是挂到院子里，然后承受最后一击。

学习过交

面槽上又盖上了那个红色绸面的被褥，很是喜庆。一问，果然，那是给儿子结婚准备的，结果儿子和儿媳都嫌弃这样老式的被子。他们夫妻又不舍得用，这不，好好的被子，给了这面条用。

这样一盖，感觉就是给这些挂面办了一场喜事。

从和面开始，张师傅出了一身又一身的汗，等了一个小时又一个小时，那些面条里面的内容，张师傅已经熟悉了。从面团到面饼，再到切面盘条，这一道又一道工序里，张师傅塑造了这些面条，同时也被这些面条所信任。如今，他给它们盖上这床喜庆的被子，像极了一个养了多年的女儿要出嫁的感觉。

张师傅说，一到这个时候，他的身体就会觉得轻松了很多。因为，所有的力气活儿都结束了，接下来就是收获的时刻了。

五

从面盆里到案板上，然后再回到面盆里，之后再缠绕到横杆上，最后面条终于要出杆到院子里了。

出杆，就是将已经醒好了的面条挂到院子里。在滑县，很多个家庭院子里都制作了这样的拉面架子。

将已经上杆的面条挂在家里两米高的面条架上，便要开始拉

出杆

面了。手指粗细的面条，从两米高的高处轻轻地拉到了离地面不到五十厘米的位置，面条已经细如发丝。

张师傅说，春天的湿度和温度都是比较好的，所以可以出杆后立即拉伸。如果是冬天，尤其是温度在零摄氏度左右时，那要等一下才能拉，最好是中午时分，趁着太阳照射在面杆上拉面是最好的。

如果有风，那就意味着面条干得很快，所以可以拉得稍长一些。因为下面那根横杆也是有一定重量的，所以即使拉面停在一个位置了，在前面的半个小时拉面没有彻底风干的时候，还会再向下坠一点。下坠有多长的距离呢？张师傅说，不好准确地说出，十厘米是有的。

如果是夏初或者夏末秋初呢？这个时间，温度偏高，湿度也比冬天和春天时略大一些，面条风干的速度会慢许多，拉面不能拉得太低了，要让面条在风干的过程中自然下坠一段距离，这样下面的横杆才不会坠地。

有人经验不足，或者是对空气中的湿度估计不充分，直接在秋初时分拉面，将面条拉到了离地面只有十厘米的位置。别小看这一个细节，结果就会很惨，因为在接下来的半个小时里，那下面的横杆直接坠到了地面，导致面条非常脏不说，又因为挨到了地面而导致上面的面条粗一些，下面的面细一些，粗细不均。

相反，如果是在冬天的时候，拉面的下杆距离地面的长度就要好好控制。如果拉得离地面太高，比如有五十厘米，就有可能导致这一挂面的精细程度不如其他杆上的面好。因为离地面远，而冬天的风大，温度又低，导致挂面风干得很快，挂不到半个小时，一挂面的上面的部分便开始僵硬。

这个时候，如果不懂面条受力的原理，还要用蛮力将面条向下拉伸的话，那么极有可能会造成整挂面条的断裂。

退一步讲，即使是没有断裂，那么上半部分已经僵硬的面条，下面就不能用蛮力拉伸了，因为上面变硬的部分是不会随着拉伸而改变的。这样的话，上面的部分就胖一些，而下面拉伸时受了力的部分就会细一些。一挂面上面粗、下面细，这就意味着不及格。

自然也有意料之外的天气，比如上午还是晴天，结果下午阴云密布便要下雨，且有可能是连阴雨，怎么办呢？面条还没有干，无法收了切割，只能将已经拉伸好的面条轻轻地折叠一下，收到面槽里，等天晴了再继续晾晒。

晒杆

张师傅说，不过天气不好有时也会有意外的收获。比如，很早他就发现了，如果是阴天，白天的时候，面条没有干透，不能收起来，就要在院子里过夜的。到了第二天白天，面条干了，从面条架上取下来，裁切装箱后，总会有一些断了的面条。他们就会试吃，结果发现，过夜的面条比白天直接晒干了的好吃。

他们也不知道原因，就想着，面条在白天被紫外线照射，而晚上的时候又被月光照射或者是被夜晚的风吹拂，这日与夜的交流，让面条拥有了一天的心情。所以，过夜的面条内心是完整的，才会显得更有味道。

我们总会在这个时候追问一句，好吃在哪里？香了，筋道了，还是有其他难以描述的美好？

张师傅就会耐心地寻找词语，他毕竟不擅描述，只能说最为简单直接的句子。比如，他说，过了夜的面条，总觉得它受过白天的热，又经了夜晚的凉，它内部的结构就会更加稳定，吃起来从头到尾都是一种可信的味道。所以，我觉得过了夜的空心挂面的味道，更加容易找到。

还有呢？

张师傅犯了难，只好说，过了夜的面条，其实就是多了一道加湿。你想啊，白天已经干得差不多的面条，到了晚上，又经空气中的湿气的浸润，到了第二天，要再一次晒干，这就多了一次人生的考验。

过了很久，张师傅仿佛又想起了一点什么，主动补充说，盐巴，面条里的盐在白天的时候是僵硬的、不均匀的、不流动的味道，到了晚上，有可能会被某一阵风带走，带到另外一挂面条上，那么正好这一挂面条的滋味偏淡，缺少这一阵风吹来的盐粒的味道，风便将面条与盐分的关系调整了。

盐很重要，每一拳捶打向面团的力道也很重要。

春天的鸟鸣很重要，夏天的小雨亦很重要。

盐粒被在石臼中捣碎很重要，罗筛过以后的面粉很重要。

村庄很重要，张师傅在院子里来回踱步后说出来的那句话也很重要。他的那句话是，做面条这件事情就是还自己小时候的债，小时候吃了太多这种手工挂面，长大了就要多做一些，让别人也吃得上。

张师傅正在院子里挂面条，他笑说，出杆就是将面条取出来上架和晒干以后下架，是整个制作手工挂面的程序中最难的技术动作。

和过交的时候张师傅对我们说的一样，他说，将架上湿度和温度趋于饱和的面条取下来，只有一个诀窍，那就是：轻一些，慢一些。想象着取下来之后，是要煮给自己吃的。所以，有了这样的心态，张师傅越来越宽容了。

将缠在杆上的面条拿到院子里，挂到两米多高的架子上，需要借助梯子才能完成。挂上架之后，上面的横杆架在面条架上，下面的横杆需要用力向下拉，将面条拉至离地三五十厘米的位置，空心挂面才算是定型了。

拉的时候，只见张师傅半弯着腰，两只手高高地举着横杆，向下轻拉了一下，像是在试探面条的弹性；接着又向下用力地一拉，面条已经拉到了他胸口的位置。然后呢，他几乎没有停，立即半蹲了下来，双手随即用力向下又一拉，拉到了离地面有三十厘米左右的位置。张师傅说，今天的阳光好，风也好，是最适合拉面的日子。刚才用力气拉的时候都能感觉到那面条的愉快。面条在天气晴好的时候，拉起来顺畅；如果是阴雨天气，拉起来的时候，会有一种阻滞的犹豫感，你总害怕用力大一点点就会有意外，所以要格外小心。而像这样晴好的天气，就老想用力地一口气拉到底。我们行业里面管一口气拉到底的面条叫作"一卷帘"，意思就是面盘得特别的筋道，才有可能达到这样的效果。

张师傅说，过去那些有钱人家的小姐少爷啊过生日，都是挑在天气晴好的时候，让做手工挂面的师傅们做这种一口气拉到底的面条。说是长寿，一口气可以拉那么长，在民间就觉得是吉祥。

这的确是乡村良善的愿望，一棵树如果长了几百年没有死，在乡下就要供起来的，人们甚至还会编一些故事吓人。比如说，谁谁家里的羊偷吃了这棵树的叶子，没有两天就口吐白沫死了。事实是不是真的如此，并没有人去较真。于是，便达到了让大家来尊重这棵树的目的。时间久了，这棵树便有了其他的功能，比如求子啊，又比如求雨啊，等等。

　　而做面条的人，每一次都希望自己盘的面，可以做到一口气拉到底。中间有一挂面条，张师傅一口气差不多拉到底了，他有些高兴，对我们说，这挂面要好吃。

晒杆

晒杆

我们几个不懂，恨不能在那挂面的杆子上做一个记号，但是过了一会儿，就忘记了这件事情。

张师傅现在家里用的盐是细盐。他说，现在的盐"力气不足"，不如过去的"大盐"好。他口中的大盐，就是盐疙瘩，要自己再加工后才能使用。

张师傅的父亲也是一个做手工空心挂面的能手，对盐有自己的心得。张师傅说，他很早就跟着父亲当学徒了。父亲有一个偏执的习惯，就是，盐没有了不做面条，等着那个固定地来村子里吆喝的人到时才买。那时候张师傅年幼，并没有细究过父亲为什么非要买那个人的盐巴。

后来，张师傅出师，自己开始做面，才知道父亲为什么要等那个卖盐人。因为，父亲对盐的使用的量是固定的。一百斤面，父亲使用的盐大概是七钱。尤其是秋冬季，盐使用的量大一些，好让面的弹力保持得久一些。有一次，张师傅的父亲换了另外一个人的盐，也是大盐疙瘩，同样也是加工后使用。张师傅的父亲发现，等到出杆上架要拉面的时候，那面明显不受力，面有些脆，这种脆就是因为盐的作用没有均匀发挥。

于是，那一次，张师傅的父亲不敢用力拉面，一用力面就断了。怎么办呢，就像小火炖肉一样，张师傅的父亲用很小的力气，一点点地拉那些挂面，一直折腾了大半天，比平时多耗费了一倍的时间，才将面条拉得细了一些。就这样，整体的面条也比平时的要粗。所以，从此以后，张师傅的父亲只认准了一个人的盐。因为，盐的变化，决定了面的内心的结构变化。

影响挂面口味的，除了盐，还有一个要素，那便是力气。

张师傅说，如果和面的人是一个性格温柔的人，那么面便做得软。面软了，气泡生成得多，所能随的拉力便小，那么拉面的时候容易变形，不但空心掌握不好，连粗细也很难控制。所以，和面这个活儿，一定是有力气的男人干的。

在张师傅的描述里，盘面也决定了后面拉面时的质量。盘面一共盘三次，每一次盘面的时候，都是让盘条中的面筋出来的时候。面筋是拉面的灵魂，就像是一曲音乐中前奏过后才拉响的乐器。没有面筋，就没有面条从粗到细的变化，也没有音乐的主题。

张师傅没有念过多少书，对世间万物的见识也不及他的儿子，然而他是一个非常乐观的人，他对世界的很多看法都来自他做面条时的感受。比如，他常说，前面的程序不能省力气，任何一道程序如果想要省力气，那么后面做出来的面条就比较难看。

这话，说的既是面条，又像是在点评我们的人生。

仿佛一个人做一件事情做得久了，便打通了人生的其他关节，对世界也有了更加独特的理解。张师傅对世界上很多事情的理解，都来自他做面条的经验。有人成功的时候，他的评价是：主要原因是前面的面垫得好，这才是做好面条的关键。有人失德了，他就会说，想要往一根细如发丝的面条里吹气、加气泡，那只有两种结果，一种是失败，另一种是加的化学物品可以毒死人。张师傅做面做到了表里如一，他觉得自己也因为做面条而被面条本身教育。

在相当长的时间里，张师傅付出的只是力气，并没有智慧。张师傅说，是面条本身一点点地教育了他。面条是一种有记忆的食物，如果时间、力气或者是天气等任何一方面掌握得不好，那么面条便会报复做面条的人。张师傅曾经被面条报复过，大概是在上杆的时候，他的手因为干田地里的农活儿受了伤，一只手用不上力气，那么上杆的时候，本来是需要揉搓一下，才缠绕在横杆上。可是，那一次，张师傅觉得自己在之前的程序里多用了一些力气，所以在这一道程序上省点力气也是可以的。于是张师傅便没有做揉搓的动作，只是简单地将面条拉长了一些。是的，他的动作的差异不是揉搓后让盘条变细，而是通过拉长的动作使得盘条提前变细。那么，等到出杆到院子里，开始下拉动作的时候，有好几挂面条直接断掉了。只是少了一道程序，便出现如此惨烈的情况，这就是面条对做面条的人的教育。这样的教育比任何道理都管用，只此一次，张师傅便再也不会犯同样的错误了。

面条拉好之后，在挂面架子上会长大的。一般情况下，空心挂面在自然重力的拉扯下，会自然下坠十厘米左右，所以，张师傅每一杆挂面都拉得和地面保持三十厘米，是一个非常标准的距离。然而，也有一些人因为盘面的时间不够或者用的力气不够，导致面的柔韧度偏低，那么拉面的时候就要注意与地面的距离。

通常的做法是，面硬了，就可以多往下拉一些；如果面太瓤了，就只能离地面的距离远一些，比如留上五十厘米，这样在面条自然变干的过程中，下坠的空心挂面不会因为长大而碰到地面。

这是一个非常模糊的哲学课，面的硬度、柔韧度、湿度，甚至面拉伸时的力度，都是做面的匠人判断的标准。

张师傅说，有时候，在下午的风中，他就坐在院子里，听面条在风里来回摇动的声音。他知道面条在时间里慢慢地定型、干燥，甚至有轻微的下坠。但是，他从来没有看到过空心挂面长大或者定格的瞬间，因为，这所有的细节都低于生活，需要用放大镜和慢镜头才能发现。这并不意味着，张师傅不了解已经上了架的挂面的性格。他在心里，早已经将每次做的挂面编了号码，哪一挂是开头的，哪一挂是结尾的，哪一挂是整盆的中间的，哪一挂是一口气拉到底的，哪一挂是面筋含量最高的，哪一挂是吃了以后会让人心软的……

面条在阳光下、在风中干了之后，便成为一件艺术品。

下架一挂两米多高的细如发丝的空心挂面，几乎是一道艺术难题。张师傅说，所有的程序中，下架是最难的。难在对面条的判断，不但要看清楚面条的长度，要知道自己身体打开以后的长度，还要懂得如何使用力量。

下架并不需要太大的力气，力气大了，不小心就会将手中的已经干透了的面条从中间折断。虽然面条已经干了，可是面条长而细，所以自然弯曲是可能的。只是，这个弯曲的尺度在于院子的空间，以及干活儿的人伸开双臂后的长度。

必须将长长的挂面完整地拿到房间里，放到那张摊面饼并用盘子切割成粗条的案板上，才能取下面条上下两端的横杆。

常人的双臂伸开以后，基本上是自己的身高。然而，常做手工空心挂面的这些匠人都知道，长时间伸开双臂，让他们的胳膊比常人的要长一些。这也是劳作对人的改变。它不仅改变人的思维方式，也会改变身体的结构。

张师傅描述他是如何下架挂面的，首先是要将一只手固定下来。就是说，当一只手从高处取下横杆以后，胳膊和手是不能再动的，只要一动，面条就会散、乱行，甚至会折断。只要取杆的这一只手保持不动，从梯子上慢慢地下来，并做好适度的弯曲动作，等下到了地上，另一只手伸到最大的尺寸，之后就那样保持着两只胳膊最大程度的张开，两只手拖着一挂长达两米的面条，不但要举得高高的，还要撑开，这样才能不使面条断开。在走路的过程中，两只胳膊也要保持着固定的姿势。只要胳膊在行走的过程中变化了位置或者高低，那么都有可能造成挂面断成几截。

张师傅有一次从梯子上摔了下来，就是注意力只在胳膊上，有一脚未踩稳，滑了一下，从梯子上跌落下来。那一次张师傅受了伤，可是即使是从梯子上跌了下来，面条竟然完好，因为他的一只胳膊一动也没有动。这是他长时间良好姿势培育得好，才有了这样一种潜意识。

潜意识这样的事情，不易解释清楚，说到底是一种惯性。张师傅说他这些年，做梦的时候，手都在和面。长时间盘面条，导致他的胳膊很有力气。有时候，他会给干活儿累了的妻子按摩一下肩膀啊胳膊啊，可是，不注意会把妻子按得大叫。他自己觉得没有用力啊，可是他妻子已经觉得是在虐待了。

下架面条的技术差不多是一种耐心的练习。一个毛头小伙子如果想要将一挂远高于自己的面条轻松地从挂面架上取下来，差不多是一道综合的心理测试科目。所以说，在过去作坊式劳作的面条铺，如果一个学徒能按照老师的规定直接上架将一杆空心挂面取下来且不会受损，那么这个徒弟便可以出师了。出师的意思就是可以另立门户单干了。

张师傅说，他和父亲学做挂面，每一个工序他都是一遍一遍看，又一遍一遍地练习，才学会的。一开始的时候总觉得做面条很简单，这些年，他已经做了数十万斤的手工空心挂面，可是每一次和面的时候，他仍然是激动的。激动的原因是，每一次做面条的时候，他都知道，每一次的风不同，面条的味道便不同，每天的温度不同，做出来的面条的色泽都有细微的变化。每一天的鸟叫声不同，也会影响面条的味道。因为鸟叫声就是他做面条的背景音乐，音乐不同了，张师傅自己做面条的心情便会受到影响，而一旦心情有了喜悦，那么，可能面便盘得均匀，气泡便也生得均匀，那么拉出来的面便好吃。

将满院子的挂面全都收到了案板上之后，还有最后一道程序——切割并包装。

过去，对于这些细如发丝的空心挂面，如何切得整齐呢？张师傅说，也试过很多个工具，比如用竹片，也用过硬纸板，甚至还用过菜刀。

别看菜刀最为锋利，但并不是最为适合的裁切工具。因为菜刀的刀刃处是薄的，而整个刀面是厚的，菜刀切下去，从薄如纸片的刀刃那里过去后，立即会绷起来，刀面的厚度影响了空心挂面裁切后的整齐度。

和用一个老盘子来裁切面饼不同，干面条的裁切必须整齐，不然那么细的面条，如果想要整理一下，就会被折断，甚至更加混乱。

尝试切割挂面

不仅仅是刀具问题，还有长度呢，因为毕竟是满满的一桌子全都铺满了细细的挂面，这个时候，裁切的工整便有了一种比喻的意义。切面条的人必须考虑到全局，不然的话这一刀下去是长的，而下一刀下去就有可能有了更大的误差。所以，做面条的工匠们开始想尽办法来制作一个更加完美的尺子。

最后，家家户户都学会自己做裁切的尺子。很简单，就是照着案板的大小定制一个木框架，木框架长 2 米、宽 1.5 米。框架里按 2 米的长度又细分了 20 个裁切区间，这是一个很有平均主义思想的裁切尺子。张师傅将木框架小心翼翼地压在了整张案板上，这个时候，他开始用一个专门定制的裁切面条的裁刀——它和书室里常见的那种裁纸刀有些相似，但又不同。裁纸的刀，相比较而言更加看重足够的薄；而裁面条的刀不能太薄了，太薄的话会太软，不小心还会伤到自己。

框架放好了以后，在框架里用裁刀沿着那框架的边缘用力地划下一道实线，好了，面条已经切好了开头。

和面是力气活儿，而摊成面饼则需要夫妻两个人一起劳作。切条是力气活儿，而盘条的时候则需要夫妻两个一起合作。上杆是力气活儿，那么出杆到院子里有时候也需要夫妻两个一起干。到了最后，切割面条是力气活儿，而包装面条则需要夫妻两个一起来做。所以说，整个制作手工空心挂面的过程，是一个巩固夫妻感情的过程。

146

包装

　　两个人，妻子看着自己的男人吃力地做着活儿，心里便觉得踏实，于是便会在旁边递毛巾和打下手。而妻子的细心关怀呢，又让男人觉得干起活儿来有价值。

　　夫妻两个用彼此扶持的人生态度做出来的空心挂面，总会让人觉得多出一些人间味道。是什么呢？是空心挂面里的氧气，还是无论怎样煮都煮不乱的面条质量？都不是，手工空心挂面最让人难忘的味道是能让食客吃到面条里的柔情和蜜意。细，是一种心思，而柔韧，是一种坚强。柔韧又坚强，可不就是一种男女互相扶持才能抵达的语境嘛！

空心挂面的好，在于面条本身制作的过程，用张师傅的话说，每一根面条上都有他的手印。他在和面和多次盘条的时候，在面的身上至少打过上万拳。每一次击打、揉搓都是为了让面更有记忆，口味更加丰富。

空心挂面的好在于易煮，放到烧开了水的锅里，半分钟便可以吃了。而煮上十分钟，也煮不烂，是因为面筋与空气在每一根面条的内部都有歌唱般的美妙的结合。所以，才会有让人吃了以后难忘的印记。

包装好了的挂面，堆放在一起，像极了一首乡村的音乐。那些尘土飞扬的往事，在这样精细的面条中渐渐模糊。这些面条大多数被销往城市，成为一种乡村审美的广告。

张师傅在每年的春节过后，便开始外出打工了，因为春节过后，面条销售的旺季过去了。

张师傅说，他在外面打工，一天很轻松便挣两百元，有的地方还管吃住；而在家里，做一百斤面条，极累，他和妻子两个人，觉都睡不好，做完一次之后都要歇息两三天才能恢复体力，一天也不过是挣两百元。张师傅说，这是一个非常现实的问题。如果不是因为热爱手工挂面，如果不是觉得自己做的挂面别人吃

包装

了好吃还要来买，这样的一种莫名的"虚荣心"在支撑着，他可能早就放弃做手工空心挂面了。

超市里的面条那么便宜，我们哪有活路啊。

张师傅有些悲观。因为他知道，即使他一年四季不停地做手工空心挂面，面条的产量也是很小的。手工挂面对人的技术的要求极高，像他这样年纪的老手工匠人越来越少了，而他们这一代人的体力也越来越不好了。他甚至不知道该如何定价，自己做的手工挂面该卖多少钱。若是价格太高了，人家不买，也没有意义；太便宜了呢，没有赚头，那他也不能做亏本的生意。

张师傅的困境，其实何尝不是乡村手艺人的集体困境呢？那么多需要耗费时间和体力的劳作，那么多需要技能和智慧投入的传统面食，在城市，几乎是一种审美的启蒙，然而在乡村，他们真实的境遇是快要活不下去了。他们拥有那么多经验，却需要到城市里打工来维持生活。这样的悲观，让人觉得一定是哪里出错了。

哪里出错了呢？可能，还是城市和乡村的信息沟通出现了差错，是距离，是城市对乡村的误解。

在观看和记录张师傅做手工挂面的过程时，我突然有一个大胆的想法，那便是，张师傅所做出来的一百斤空心挂面的价值，其实远低于他做挂面的这个过程的观看价值。什么时候，如果张师傅在自己的家里做挂面，城市里的人来观看全过程，甚至是让孩子和家庭主妇来跟着学习、体验，这样的话，他再进行挂面的销售，会更有意思吧。

我对张娇说，你可以将张师傅请到郑州的店里去表演一回。是的，张师傅做挂面的过程，已经不再是普通的劳动，他几乎是在表演一场有关祖先的智慧和审美的戏剧。虽然他表演结束之后的产品是一款可以入口的手工挂面，但是，全过程中充满了我们中国传统文化的审美和价值判断。

这种设想虽然有些理想主义，但也是非常有趣的，希望真有那么一天，可以实现。

第六章　手工挂面工厂

一

半下午时，下起了雨。

丁拥士的厂子在他们村庄的南边，不远，有三里地。正是收割麦子的季节，窗外的麦田里有一台收割机，正在雨中作业。

丁拥士的电话很多，一会儿用普通话向我介绍他的创业史，一会儿用滑县的方言指挥着一些人和事。

他的工厂一年前建在了家乡所在镇上官镇的孟庄工业园区，村子里的人听说了都笑话他，说，咦，放着挣钱的事儿不干，这是有啥毛病啊，建个厂子做面条，谁买啊。村子里谁家不会做面条啊。

他的家人也不支持，觉得他有些头脑发热。他不是特别愿意说这些细节，便领着我到厂子里的工作区去转一圈。他说，看看他们正在劳动的样子，他就觉得自己的事业正热闹地进行着。他几乎每天都在厂子里，喜欢看这些人做面条时的那种认真。

工人们在加班。麦收季，本来有一半的人都要调休的，但是他接到了一个紧急的订单。端午节，一个单位要给他们的员工和客户送礼品，订了三千斤手工空心挂面。我不知这个数字对他来说是多还是少，但看得出，他很重视这一批产品的质量。他说，手工空心挂面的价格比超市里最贵的挂面还要高出许多，所以他很清楚，必须让第一批买到产品的人成为回头客。

和村子里做手工空心挂面的程序相比，丁拥士的工厂做了两个技术革新。其一是和面，用了和面的机器，可以省去不少的人力。其二是上杆，也是用机器。

其他的程序都是人工，因为这种手工挂面的做法已经有数百年的历史，很多个程序机器无法替代。在他的无菌操作车间里，工人们已经两天没有休息了。每天丁拥士都在厂区里陪着大家，晚上加班了，他也会陪着加班。他不缺乏创业的经验，他深知老板陪着员工一起干，员工们会更有劲儿。

一下午，从他父亲开始说起，我们说到了麦子、面粉、手工挂面制作的方式、盐的数量、他在县城的商业版图。

一直到夜色弥漫，小雨渐停。

本来要结束采访，回到滑县住宿，然而，工厂里的工人已经连续加班了两三天，如果想在当天结束所有的活计，需要到村子里请临时工帮助包面条。

晚饭也没有吃，我陪着他一起开车到了他的村子。村子距离他的厂子有三里地。入夜，他把远光灯打开了，乡村的夏天安静极了。

才八点钟，丁寨村的人似乎都已经睡下了。丁拥士带我回到家里，粗略地看了一眼他改造过的老宅，叫醒了他的母亲。他的描述似乎非常省略，没有任何铺垫、介绍以及客气，只说了最为简单的要求：女的，加班几个小时，帮忙包一下面条。

要得急。他跟在母亲的后面，又说了一句。

仿佛雨已经小了，丁拥士的母亲消失在黑夜里。乡村的夜停在我们的等待里、汽车灯光里。有一个妇女穿着睡衣出来了，看了一下丁拥士的车子，仿佛意识到哪里不对，又回到家里去换衣服。虽然已经是麦收季了，村子里的男人大都在外面打工，并没有回家收麦子，都是机械化了。

收麦子毕竟早起晚归，所以格外地累。这些朴素的乡下人，吃过晚饭以后，有的连碗都顾不上洗，直接泡在盆子里，便上床睡了。他们要恢复体力。

对门的邻居答应了，前面的邻居也答应了。还差一个。丁拥士和对门的邻居在聊天，他们说麦子的事情，还说了一些闲话，大都是收成以及熟悉的人的近况。

丁拥士回村办这个挂面厂，村子里的人也是不理解的。他们觉得，除了这个村子里的人，其他村子谁爱吃这样的空心挂面呢？即使范围再扩大一些，除了上官镇，除了滑县，除了安阳市，哪里还有爱吃空心挂面的人呢？

丁母又找了两家。一家全睡着了，说是大门拍得当当响，但就是叫不应。一个呢是孩子病了，需要照顾。丁拥士便对母亲说，要不先拉着这两个人去干活儿。

他心急。而丁母较为执着，又向后面的街巷走去。

乡村世界里的人，聊天的内容大多是直接的。两个坐在车上的邻居，问话直奔丁拥士的隐私，挣多少钱啊，卖给谁啊……她们并不关心生活的真相以及精神的愉快，更多的，关心物质和钱财的数量。

而后，车子里充满了两个乡村妇女的聊天声，她们说的每一句话所包含的字并不多，然而，她们有能力让这些字都拉伸变长，她们说话的语气、将某一个字音特别拉长以后的暗示，都充满了文学趣味。我听得很投入，两个妇女说各自老公寄来的钱，以及上次村里看戏时谁家丢了多少东西……

丁母终于又找到一个已经睡下了的邻居，是丁拥士的堂弟媳。乡村尊卑有别，做兄长的是不能和弟媳开玩笑的，所以丁拥士对车上的邻居们客气地表示感谢。倒是这些闲居在家里的留守媳妇，有一搭没一搭地开着玩笑逗丁拥士。

从村庄到厂子的车程极近。雨夜，乡村里有狗叫声传出来。

丁拥士一直看着手机上的时间，还不时地问我一句，赵老师你饿不饿。

我不饿，但是早已经到了吃晚饭的时间。显然，丁拥士没有办法陪我回滑县县城吃饭，他还要将临时救急用的这几个邻居再送回村子里。

到了挂面厂区，丁拥士下了车，带着几个妇女匆匆地进了包装的车间。我呢，就在车上坐着看手机。

世界安静。雨。忙碌不堪的小镇上的手工挂面工厂。下午在办公室里还和我大谈理想和未来的丁拥士，如今不得不将自己当作一个劳动者。他在包装区里陪着工人们，给他们打些下手。端午节马上就要到了，今天晚上必须包装好装车，并且发货到县里的物流园区，这样便可以让客户在端午节的时候发放下去。

从夜晚八点开始，我被这家小工厂的忙碌抛弃。我下车在小厂的院子里走了一圈，黑夜黏稠，小雨黏稠。我特别想在这样的夜里写一些诗或者读一本与乡村有关的诗集，这是最为生动的生活现场。一个理想主义的手工挂面工厂的老板，将一个重要的客人扔在黑夜里，他盯着包装纸，盯着剩余的面条，盯着黑夜的浓度。

深夜十点半，我的手机没有电了。时间仿佛没有了去处。

深夜十一点，工厂里有了下班的人来回奔走的声音。终于干完了。丁拥士第一时间出来向我说，活儿已经干完了，他要将县城里干活儿的几个人带回。而村子里的人，他会让另外的人送回去。

终于不用再回村庄里，而是直接回县城。

下午六点左右结束了采访，大概在晚上十二点，我们终于回到了滑县并吃了一碗热腾腾的面。

二

丁拥士的第一份职业，是一个加工面粉的作坊主。在乡村里，他的父亲给他盘下了一个面粉厂，来料加工，"一风吹"那种。

一风吹，我是知道的。虽然并不了解这一风吹的工作原理，但大多数在中原生活过的乡村孩子，只要帮助父母去磨过面，便都知道什么叫"一风吹"。大体是，在小麦加工成面粉的过程中，麦麸与面粉并不分离，这样加工出来的面粉，如果想要达到精粉面的程度，还要再用小磨头再加工一次，或者是回到家里，自己过细罗再筛一遍。

它用来做手工馒头，则已经非常合格了。

大概是1991年的时候，不到二十岁的丁拥士创业失败，他关了面粉厂，到滑县的县城去摆地摊。

摆地摊，不但利润低，还有被工商税务部门没收的危险。所以，他在一开始的时候，便学会了观察、总结、梳理、记忆、对比，以及选择。

也该他成功，很快他便赚到了第一桶金。这样描述稍显粗暴，然而，事实确实如此。一个细心地对待市场和客户的人，很难不成功。

是吃了一些苦，他说，但也尝到了很多甜头。他经营的产品里有糖，尝到甜头是容易的事情。

然而，他不是一个容易满足的人，总觉得自己销往其他地方的这些产品没有一份是自己的原创产品。

所以，他一直准备做一款自己的产品。因为，他不缺少销售终端，而是缺少目标客户喜欢的独家产品。

　　做面条是他偶然想到的，大概是某一年他去成都参加食品类的交易会，晚上在宾馆里看电视的时候，他发现电视里正在介绍一款当地产的手工挂面，空心的，且是非物质文化遗产。

　　看到这款挂面的时候，他立即想到了自己经常在家里吃的空心挂面，他自己就会做，为什么没有深加工成为这样一种有品位的产品呢？

　　他决定去看看这个加工手工空心挂面的厂子。看完以后，他被震撼了。要知道四川几乎没有小麦产地，而河南才有，他的家乡滑县更是河南的粮仓。

　　丁拥士觉得有一种受启蒙的冲动，他甚至有一种受辱感，为什么根本没有小麦的四川做出了这样规模的空心挂面？他有了一种迫不及待的参与感。自小便吃空心挂面的丁拥士想，他应该重新复习一下手工空心挂面的做法，然后回到自己的家乡办一个厂子。

　　自然，他的想法第一时间遭遇家人的反对。建厂子？做面条？他爱人便给他算账，水电、管理人员工资、工人工资，再加上基础建设，算下来，建一个厂子卖多少斤的面条还收不回投资成本。那么，这个创业有什么意义呢？

　　丁拥士不这样算账，他有一份情怀在里面。

　　他反驳的理由几乎是幼稚的，因为他爷爷曾经在村子里开过一个面条铺。这是他执着的起点。他觉得这些年来，生意做得红火、顺利，或许有祖辈在保佑。

当然，他有远瞻性。他觉得，随着人们生活水平的提高，这种纯手工的面条有一种让人怀念从前生活节奏的缓慢感，甚至，他觉得，如果将来有人看到他们制作整个手工空心挂面的全过程，那么这样的面条吃起来也会有不同的感受。

基于自己幼年时的记忆，他这一次和自己共同创业的妻子财务分开，妻子守着他原来的家业，他呢，出来单独创业。他甚至和妻子对赌，五年以内，他要让挂面厂实现盈利。

然而，第一年的现状，便是我陪他在挂面厂饥饿地加班。

建一个厂子并不容易，除了地皮、建筑，以及厂房、车间的设计之外，还有机器的采购。面是手工的，可是裁切、烘干、包装，他想要上机器设备，而这些设备都是需要定做的。因为市场上没有专门针对这种空心挂面所生产的机器。

丁拥士给我详细介绍了一下，他是如何用机器代替人力的。比如切面，无法用机器代替，醒面盘面，也要凭感觉，所以也只能用人工。机器可以和面啊，所以他就置办了和面机。那么在和面以后的所有工序中，上杆这个程序，既累人，又没什么技术含量，所以他想在市场上采购几台可以将盘条挂到木杆上的机器。

然而，他走遍了市场，也没有现成的产品。有的话，也达不到他的要求。因为，将盘条缠到杆上以后，接下来的上杆程序也非常重要，这个上杆的动作，必须轻柔，甚至准确。

那么，在考察了很多个食品机器设备厂家之后，他只能定做了。

定做设备的厂家在没有开工之前就威胁他说，如果试制成功了，必须得要货。他呢，也聪明，和厂家签了一个保密协议。意思是，一年之内他们厂之外，不能有其他厂出现同类的设备。这也算是他的一个产权保护意识吧。

手工挂面厂建好以后，他试验了很久才成功。

他走了不少弯路。

比如面粉的选择。一开始丁拥士用了高筋面粉。高筋粉弹性好，做馒头很好，做普通的河南面食，比如烩面片、饼子等也不错，然而，高筋粉因为弹性好，和面以后气泡少。气泡少，自然就拉不成空心挂面。失败。

他找到了滑县最大的面粉厂的厂长刘华涛，老刘竟然不是滑县人。丁拥士有些意外。

他对刘厂长说出了自己的困惑，为什么他们厂里出的高筋面粉做不了空心挂面。

刘厂长一听就明白了，说，你应该用中筋面粉啊。

是小麦出了问题。

丁拥士有些开心，知道自己找对了人，不但给他推荐了中筋面粉，连小麦的品种都告诉了他。刘华涛说，现在市场上的面粉大都是高筋，因为做馒头、做实心的面食当然是高筋面好吃。而中筋面粉，才会和盐发生一种自然反应，在和面的过程中产生气泡，面里的气泡是面条空心的最为关键的因素，所以，高筋面注定不行。高筋面不论你如何拉伸，它都有完美的弹性，中间不会生成空隙。而中筋就不同了，中筋面粉在盐的作用下，拉伸的时候自然会生成一些空隙，这些空隙随着时间的延长而渐渐形成一种规则的气泡，这些气泡被拉长，自然成为一种空心的面条。

刘华涛所推荐的小麦品种叫作矮抗58，是河南科技学院一个叫茹振钢的教授研发的一个小麦拳头产品。

这种小麦，曾经是滑县普遍种植的品种，虽然产量不是特别高，但是可以抗干旱、抗风。滑县雨水少，适合种植。这些年，随着高筋小麦的推广，以及产量高的新品种的出现，矮抗58便渐渐地被农民们抛弃。只有极少数的一些小块地的农民还在种植，他们是为了吃手工面条，或者是喜欢这样一种小麦的香味。

丁拥士因为面粉的事，和刘华涛成了朋友。

丁拥士说，刘华涛是一个做事非常专业的人，他听说了我要在孟庄建手工空心挂面厂的事情，他见到我以后就说——我知道啊，你迟早会来找我。

丁拥士笑了，说，为什么你这么肯定？

刘华涛说，面粉啊。你做面条，还不来找我要面粉？我这儿可是方圆几个县里最大的面粉厂。

通过刘华涛，丁拥士还认识了老魏，一个种了上千亩有机土地的人。丁拥士说，这一下他有了底。有面粉厂给他提供面，他还怕什么。最重要的是，不但面粉有了，连种麦子的人都找到了。

丁拥士从刘华涛这里，获得了信心。这种信心既来自原材料供应链上的安稳，又来自友情上的帮助。甚至，他觉得，是一种精神上的相互观望。

还有一点，就是，丁拥士一直想要改变手工空心挂面盐味重的问题。现在都在讲究健康低盐生活，那么丁拥士一直想做一种比平常农家自己做的手工挂面要少盐的空心挂面。平常的农家，在冬天天好的时候，一斤面粉放盐五六钱，如果天气不好呢，最多的可能放八钱盐。而现在，在一个封闭的空间里，丁拥士基本上只放四钱盐，不但品质没有变，而且因为在室内自然阴干，空心的比例更高；少了室外的污染，面条的口感更香了。

丁拥士的面条厂请了几个年纪稍大的老面条匠人，既是工人，也是技术指导。天一热，这几个人就提出来，不能做了。为啥呢？老规矩就是这样啊，天一热，做出来的面条易坏，味道也不醇正。

可是丁拥士不信这个邪。他说，我们放的盐少，只有四钱盐不到。盐少了，在温度比较高的天气里，面条的保质期也会延长，这只是其一。还有呢，现在的成品挂面的包装技术和过去相比，已经是天差地别。过去呢，裁断以后直接用纸绳一捆，装到箱子里，就算是好了。现在呢，丁拥士发明了易拉罐真空包装，裁切好了的空心挂面，直接装进漂亮的易拉罐里。

这是丁拥士很得意的发明，他拿着那装好了的空心挂面说，怎么样？在常温下，这一罐挂面可以放一年多，不会坏的。因为是真空，里面除了放一片干燥剂之外，没有放任何防腐的东西。

丁拥士和那群老匠人吵了一架，那群人罢工不做了。

怎么办？丁拥士只好让跟着这些老工人学习的年轻人继续做。手工挂面的技术，学起来并不难，难的是对面有自己的判断和感觉，难的是经验的积累，以及对面条口感的独特的判断。说到底，做手工空心挂面，除了力气、技术，还有对面条、面粉以及对人的口感的认识。

那些老匠人比这些年轻人多的是对天气变化的掌握、对面的柔软度和硬度的处理能力，然而，在丁拥士的厂子里，这些问题并不突出。因为密封良好的无菌操作车间早已经排除了阴雨天所带来的障碍，除了和面机和机器上杆所节约的时间，丁拥士的车间是流水线工作，所有的工人都学会了全部的手工空心挂面制作流程，所以，当他们错峰工作时，十二个人几乎是一条手工空心挂面制作的流水线。

三

2017 年，丁拥士的纯手工挂面工厂正式投产，2018 年生产规模已达到年产五千吨。要知道，这可是纯手工制作的空心挂面。

在物质生活十分丰富的中国当代，一款有故事的手工挂面自然很快便会被热爱吃面的人注意。然而，像我们关注的张相连这样的手工匠人，每年只有半年的时间能做面条，而每两天最大的产能是一百斤。每个月即使是天气全部晴好，且每天都不休息，他和妻子一起能做出一千五百斤面条来。然而，这些面条至少有五分之一是挂面的头和尾，也是不能销售的。所以说，一个成熟的手工匠人，每年最大的产量不过是七千多斤。这样的产量还是太少了。

还有一个让人相当纠结的问题是，信任每一个非物质文化遗产的传承人，喜欢吃他们用勤劳的双手做出来的面条，但是总会有一些城市人会问，这个传承人家里的卫生条件合格吗？是的，卫生标准、防疫检查、执业标准，以及有无售后服务都是问题。

当传统文化中慢生活的节奏遇到了现代物质变化下的消费者，那么总需要在中间找到一个缓和的区域。在电视台工作多年的张娇所做的工作，是帮助城市里一部分喜欢传统制作的人去乡村寻觅到像张相连这样执着坚持的手艺人。而丁拥士所做的工作则是将中国传统的小规模制作与中国城市化的进程结合起来。

相比小作坊受天气和环境的限制，丁拥士的手工挂面厂房完全是一个现代化的无菌操作车间。然而，相对于那些工业化流程的挂面厂，他的手工空心挂面的大部分制作程序，都是手工操作。丁拥士最大限度地保留了手工制作的原貌。

丁拥士说，他就相当于将所有制作手工空心挂面的匠人，请进了他的符合国家卫生标准的工作间来工作。和面用了机器，上杆用了机器，其他所有的程序都没有变化。

乡村院落里，受制于天气的变化，下雨天和下雪天都没有办法做挂面，而在车间里则不必担心。最重要的是，丁拥士还有烘干的设备。

原来总觉得自然风干的挂面最好，丁拥士说，如果天气不好，空心挂面一直在室外悬挂着，承受灰尘不说，干得太慢，空心会因为面条自然的收缩而变成实心，口感也会受到影响。而在车间里操作，则可以使用烘干机，在面条刚刚好的时候烘干，下线便可以直接裁切和包装，不仅节约了时间，也不破坏口感。

丁拥士对挂面市场下过功夫，不论到全国任何地方出差，一准会逛一下当地超市的挂面专区，看看那里的人喜欢吃什么样的面，那里有没有手工制作的挂面，如果有的话，是不是空心的，价格是多少……

自然，如果有他喜欢的面条产品，他会买回来。

丁拥士曾经想过将做出来的面给自己的父母先尝一下，这不仅仅是一个孝顺的举动，还表示一个决心。让所有人都知道，他的这个手工挂面厂，是一个良心工厂，做出来的产品，连厂长的父母都要吃的。

如果做出来的每一包挂面，可以自己吃，给亲人们吃，那么这个挂面就有了亲情的意味。所以，丁拥士想来想去，给自己的挂面注册了一个"丁十八郎"的商标。他查了他们的家谱，说是往上数几代有一个叫丁十八郎的，有故事，也有出息，他就取了这个人的名字。用先辈的名字做商标，也总会得到祖辈护佑吧。

除了理想主义的家文化之外，丁拥士还想将做面条用的原材料也进行推广。比如，他很快通过面粉厂的刘华涛认识了有机种植的老魏。

老魏呢，是他们邻镇的屯集人，他是一个有故事的人。丁拥士介绍他时笑了，说，他呀，搞有机种植的这些年，终于把家里的钱都花光了。

说完，一个劲儿地笑。笑完了，又说，佩服他，他有一种让人佩服的执着。

老魏手里有上千亩有机农田，是经过农业部认证的有机种植基地，他家的地里都装着摄像头，联着网呢。农业部的专家可以随时通过实时的照片来察看他的种植基地。

老魏家种植的小麦品种很多，有彩色小麦，有黑小麦，当然还有更多的杂粮品种。

丁拥士决定研发新产品。他试了很多次，手工空心挂面用黑小麦面粉来做，一次，两次，减盐，试面，小范围制作，终于成功了。

黑小麦的挂面颗粒感比中筋粉要重，吃起来有一种黑小麦的别致的香味。

再后来，丁拥士还制作特供幼儿吃的菠菜汁做的空心挂面，这个更受欢迎，因为面条的颜色便是菠菜的绿色。不但面条的颜色好看，味道也好。

在蔬菜面的基础上，丁拥士推出的特色空心挂面还有紫薯口味、秋葵口味、胡萝卜口味的，这些口味的面条主要的销售对象便是老人和孩子。

第一个反馈他的面条做得好吃的是无锡的一个老乡。电话打到他的手机上，说她很喜欢吃丁拥士的工厂做的手工空心挂面，好不容易才找到了他的电话。

丁拥士接到这个电话几乎雀跃。之前的自我怀疑一下子消除了。这个女士的电话几乎是给丁拥士的手工挂面颁发了一个合格证书，让他有了信心。

我在丁拥士的厂子参观的时候，他接到一个订单，是要销往美国的。一个代理商，要的数量颇不少，只是需要丁拥士到滑县商务局一类的部门办理一个准许出口的相关证件。

丁拥士的厂子开业一年多来，卖到边远地区的数量不少，但要卖到美国去，他还是第一次遇到。他有些兴奋，甚至怀疑对方是不是骗子。但是，一方面是对购买方百般的试探，另一方面，他还是积极地在询问自己做过出口贸易的友人，究竟该如何在县城里办理出口食品的相关事宜。

订单加工完成的第二天，天气转好，丁拥士约了因为做手工挂面而认识的两个友人见面，面粉厂的刘华涛，以及拥有上千亩有机农田的老魏。吃饭的地点就选在了老魏家里。

那天所有的食物都产自老魏的地里和丁拥士的面条厂。

老魏的媳妇纯手工做了一锅黑麦面的馒头以及一锅窝头，还用老魏地里的非转基因黄豆磨的面做了一锅豆面馍。

黑麦面的馍并没有想象中那么黑，黑麦的皮肤是黑的，可是里面的面粉仍然是白的，只是黑皮肤的麦皮深入进去之后，比普通小麦的面粉会略显黑褐一些。最大的差异是味道不同，小麦的香味在面粉的内部，细嚼才能体味到全麦面的香；而黑麦的香味差不多停在麦皮上，那些黑褐色的麦皮有一股让人迷恋的糯米香，将它的味道与普通小麦区别开来。

黄豆面做出来的馒头的香气，更像是一段粗犷的日子。在黄豆面馒头的味觉里，我似乎回到童年时的村庄，黄豆面的香味里有乡村露天电影的呼叫声，有夏天收割小麦时的热闹，以及浓郁的乡村炊烟的气味。

杂面馍是一种精致的乡村生活的味道。比如，馍的色泽透露出来一股乡村绅士的审美感。老魏夫人手工做的馒头美妙极了，差不多吃下一口就知道，老魏娶到了一个理解乡村的女人。只有懂得乡村的女性，才会如此完美地将乡村世界的美味捕捉到并做成食物，让人吃出一段成长的记忆。

这些食物一入口便俘获了我们所有人，我们吃着泥土里自然而然生出来的粮食做成的面食，话题从丁拥士的手工挂面厂到刘华涛的面粉厂，又到老魏的地里。

几个人有说不完的话，除了给老魏出主意，便是给丁拥士的面条提意见。看得出，这三个中年男人的友谊相当好。这种好既有利益的交叉，又有情怀的共鸣。这样的友情大于生意往来，让人觉得安慰。

第七章　种彩色麦子的人

一

老魏对旧年月里的用具很有感情，收藏了不少，马槽、织布机、石磙、碾盘、木轮车以及民俗用品。

一开始只是零星地买一些，等到他的思路清晰了以后，他又大规模地收藏了一些相关的产品。他将这些东西摆放在一个刚刚在村头搭建好的大棚里，说是要弄一个民俗博物馆。

有一个标本驴子，拉着一辆老式的木轮车。丁拥士坐了上去，甩了一下鞭子，说是自己小时候坐过这样的车子。

老魏收藏了一段旧时的生活方式。现在的人，物质条件好了，对过去中国的一些器物和用品都陌生了。老魏的意思是，他的收藏能唤醒大家的记忆，看一看过去的人们的物品，有好的、美的，也有简陋的、粗糙的。这些生活记忆，可以让人看了以后怀念一下过往，又或者珍惜一下当下物质丰富的时光，都是有意义的事情。

老魏曾赚过不少钱，在一个乡镇卖家电是他的辉煌史。

当他有了念头去做生态农业的时候，妻子毫不犹豫地选择了支持他。本来就是种地的，用一种更为生态的方式来种地，不是更好吗？这是妻子朴素的想法。

然而，她没有想到的是，自从老魏从事生态农业以后，他们家的钱开始变得越来越少了。一有钱，老魏便拿去流转土地，流转后的土地，按照生态种植的要求，不施化肥、不打农药，要连续苏醒几年，这样的几年，便会让土地的收成降低。

收成低，自然就亏钱呗。

老魏的妻子便觉得这不是在做生态农业，这简直是在烧钱，于是，由一开始的无条件支持，到后来的有条件支持。条件是，劝告老魏不能流转那么多亩土地。

老魏从此受了经济上的封锁。再后来，由经济上的封锁，到了人身自由的封锁：只要一听说老魏又要去参加什么生态农业的博览会，老魏的妻子就会盯着老魏，不让他去。老魏的妻子认为，老魏好像是被一种单纯的思想给吸引了，只要去参加这些新鲜观念的会议，回来以后就花钱。

老魏趁着和我们喝茶，说了不少老婆的"坏话"，说，管得严。

老魏想要做好生态农业，但是他也没有想到生态农业不是一个现金流的产业，循环得很慢，所以前期投入多。

老魏的妻子不支持老魏以后，老魏要参加全国性的会时只能说谎，不拿包，不换衣服。经常从地里干活儿回来，开着车子出去，对老婆说，要和别人吃饭。老魏的妻子一看，他连衣服都没有换，一定是和人家吃饭去了，便放心地去辅导孩子作业了。哪知老魏开车到了县城，买了一身衣裳，又买了一个包，连夜坐车到了北京或者是广州。

老魏从生活稳定、赚钱渠道也通畅的家电销售转行到生态农业，是有他的内在逻辑的。那便是他父母有一次吃完饭以后紧急住院，住院后才知道，所吃的食物有农药残留，导致食物中毒。

有这么夸张吗？老魏似乎是第一次思考农药残留。如果说搞生态农业建设的内因和父母的一次食物中毒有关，那么外因是老魏经过这么多年来的观察和思考，有了自己的判断，他觉得接下来的很多年，城市人的饮食需求可能倾向于生态农业，他只是提前走了一步。如果自己能熬过艰苦的创业期，那么他会得到大于付出的回报的。

这自然是他良好的初衷，只是没有想到，钱袋子半路上被老婆没收了。

刚吃完老魏的老婆手工做的窝头，便听老魏诉苦，我们几个人有一股说不出来的复杂。老魏呢，看起来粗糙，却是一个感情细腻的人，说着说着，仿佛回到了某个让他难过的细节里，眼泪落了下来。然后又笑，是他自己觉得太动情了。

不容易啊。我们都安慰他。说完了，又觉得说得很敷衍。

好在老魏觉察出了自己的失态，过了一会儿，他开始纠正自己之前的叙述，并开始赞美妻子的任劳任怨。

老魏的家庭是幸福的，我们几个人的评论是，从他妻子做出来的手工馒头就可以看出，那是用了感情做出来的食物。

老魏领我们几个人一起去他的麦田里看看，这是他最为雀跃的事情。去之前，丁拥士提议找几把镰刀来，我们想割几垄麦子，替他干点农活儿。当然，麦子已经熟了，是时候收割了。我们这几个人，都是好多年不收麦子了，体验一下倒是觉得生动。

老魏的麦田在镇子的旁边，数百亩，麦田的边上架了电线，有摄像头在上面。

老魏到第一块地里便让我们看，他揪掉一个麦穗，揉在了手心里，然后摊开来，像个变魔术的人，笑着说，看看，这麦穗看不出来品种，就是比普通的麦穗长一些。可是揉开以后，会发现，这是一穗彩色的麦子。

彩色麦子的麦穗比普通麦穗要长出一半，这样的麦子不但产量高，而且价格也高。所以，种彩色小麦的收入自然也要好一些。

黑小麦也有几十亩的规模，在中间的地块。老魏指着黑小麦说，这就是我们中午吃的馒头用的那种小麦。黑小麦馒头的味道还在舌尖，老魏一说，我们立即觉得这小麦格外亲切。

有一种麦穗瘦长的小麦品类，老魏说，这种小麦被称为小麦的祖宗，意思是说，这种小麦种出来以后，是没有办法再留作种子用的。怎么办呢？要和其他小麦杂交以后，才会产生需要的小麦品种。

不远处，老魏在麦田的旁边有两间办公室和一台高个头儿的打麦机。打麦机正轰隆隆地响着，老魏介绍说，这是他的内弟正在打麦种。彩色小麦的产量高，市场价格也高，所以，今年种完以后，明年的种植面积一定会扩大。老魏留好麦种，等到秋后种麦子的时候，准备卖小麦种子。

老魏在麦田里，像一只麻雀一样，不但熟悉麦田里小麦的品种，还熟悉它们的味道。他一边揉出小麦粒，一边往自己的嘴里送，他让我们几个也像他一样，尝尝彩色小麦的味道。那味道就像是一首儿歌一样，能把我们带回小时候。

可是小时候的我们连白面馒头都吃不上，哪里会有彩色的小麦吃呢？

我们用了将近一个小时的时间，连老魏一半的麦田也没有走完。远处是邻居家种的麦子，品种也是老魏选的。人家是看中了老魏的有机种植，所以也跟着老魏种，老魏种彩色小麦，他们也跟着种，指望老魏的小麦卖出高价时也跟着多收入一些。

我们在一块已经熟透了的麦子地停下了，要割麦子。

镰刀是开了刃的，但仿佛并没有磨好，所以我们四个人开始比赛着割，一人一垄。弯下腰来，用左手将小麦秆全都拢在怀里，右手用力地由前向后面划拉，一下又一下，一会儿大片的小麦便被我们割下了。

老魏的麦田大都是数百亩连成片的，所以基本上是机器收割，领着我们参观的这些麦田，大概是留麦种的，所以种的品种颇多，正好适合我们几个用镰刀割。

割麦子应该是全天下最为苦累的农活儿之一，不仅仅是因为天气炎热，还因为割麦子的时候要半弯着腰、撅着屁股，所谓面朝黄土背朝天，不过是锄草和割麦子。

因为是有机种植，我们几个人给老魏出了不少主意。除了种植小麦、绿豆、红小豆、小米等主食作物，我们希望老魏的地能拿出来几十亩用来种植观光农作物，可以供县城的居民前来采摘，体验农耕文化的乐趣。

老魏自己大概也做过这样的计划，他的那些关于乡村记忆的收藏，那么多的品种，无论如何都是想要做成一个博物馆或展览馆的样子。

在我们的规划下，如果老魏的有机耕地能种上几亩西红柿、几亩草莓、几亩黄瓜、几亩南瓜、几亩西瓜，便会成为家长领着孩子前来采摘的乐园。采摘完之后，他们还可以在老魏的农乐园里喝杂粮粥，吃有机蔬菜，甚至是品尝丁拥士的纯手工制作的空心挂面。

这样一说，丁拥士和刘华涛以及老魏都有了一种憧憬。

二

在老魏家的墙上能看到老魏的照片，他穿着一件得体的绿色T恤，正在向一个国际友人介绍他的有机种植。

他家就在镇上，临街的门面房里摆放着他自己种植的各种有机杂粮。

老魏的焦虑来自他总是缺少一笔资金来做他想做的事情。农业的投入大，见效却慢，说到底，利润也不高。

在中原乡村，他的土地是有机的，但是所产的有机作物如果在当地的市场上销售，可能价格和平常的土地生产的农作物也差不了多少。

一句话，他这个人没有流量。除了丁拥士、刘华涛之外，他的故事很少有人知道。没有人知道他的故事，那么他的产品便很难卖出有机的价格。

在乡村，老魏没有能力一直将自己的产品放起来，等着卖高价，他需要资金流动，所以，他将刚生产的粮食低价格销售的同时，差不多也就降低了有机种植的利润。

没有来得及细问老魏的彩色麦子都销往哪里。然而，他带着我们在麦田里欢快奔走的样子，一直感染着我。

他走在前面，指着面前的麦子，就像指着他自己的兄弟、亲戚，仿佛他和这些麦子都交谈过，现在领着我们一起到麦田里来辨认它们。

老魏和他的农作物的关系相当亲密，他喜欢他种的这些麦子。他一穗一穗地摘下来，向我们解说这些麦子的来源、亩产量以及味道。说着，他会将手里的麦子递给我们，说，你们嚼嚼。

老魏的困境，差不多也是中国当下农村种植的困境。农民们当然知道农药、化肥过量使用对土壤和食物本身都不好，可是又能怎么样呢？如果用传统的有机种植方式，仅除草这一项就让他们日子不好过了。

过去的有机种植，低产却环保，食物都保持着它们本来的样子。

施肥使用牲畜的粪便沤的肥料，羊粪、猪粪以及牛粪，掺和了麦草以及生活肥料。等到来年初夏的时候，便将家里粪坑里的肥料全都拉到地里。

在过去，乡村往地里拉粪是一个非常有趣味的话题。谁家往地里多拉了一车粪便，谁家的媳妇便会被村里人夸奖。因为，庄稼一枝花，全靠粪当家。堆肥是个能手，那么在其他事情上定然也不会差。

除了有机肥料之外，在过去的乡村，除草也全都要靠人工。豫东的乡村说薅草时重音会放在"薅"字上，将动作的音调加重，差不多也将劳动的动作进行了公布。

禾苗生了虫子，在过去的乡村里，基本上也是要靠人工去地里捉虫子。棉花叶子上的虫子是早晨起来便开始蚕食叶子，玉米棒上的虫子喜欢下午出来，还有大号的黄豆叶子上的豆虫，以及小麦麦穗上的小腻虫。一直到"文革"结束后，农业生产大恢复，农药开始使用，有机种植的历史才告结束。

有机其实并不反对现代化，用牛来犁地还是用拖拉机来犁地并无区别。而用农家肥或者生态积肥来上地，让土壤恢复自然的本能，和用化肥来催促地里庄稼的成长，自然是有区别的。

这样一想，所谓有机，其实就是一种生活态度的回归，是对中国当下快捷方便的生活节奏的反抗。

在城市生活中有机已经成为一部分人的追求，但是在乡村世界，有机种植仍然是一部分像老魏这样的理想主义者所从事的工作。

多数乡邻其实并不理解老魏，他们本能地认为，就是种一口吃的，值得费这么大的力气？他们一边这样嘲讽着老魏，一边也观察着老魏，一旦发现老魏种的什么样的麦子卖出了高价，那么，第二年，不用宣传，他们一准会找老魏来买种子。

在老魏的麦田里，我就想，如果滑县有十个老魏、一百个老魏，那么滑县的有机种植可能会被全省乃至全国的人注意到。大规模的有机种植，才有可能让人相信这个地域的产能。只是小块的种植，消费者会本能地怀疑，一年的产量是多少，销售量是不是可观？所有这些质疑，都和种植面积、品牌积累以及观念认知有关系。

老魏的生态农业基地和丁拥士的纯手工空心挂面厂一样，都是一个有着传统文化意识的乡村贤能者对自己过往乡村生活的坚守。

他们希望通过自己的努力，让农业和城市生活相互关联。这样的想法，本身就是一种远见，甚至是一种理想主义的尝试。

我们坐在老魏麦田旁边的办公室里给他出主意，让他在麦田的河边建一些小房子，把城里的人吸引过来。尽管这样的设想并不高明，但是只要有了想法，接下来老魏的生态农业便会有不同的样态。

他可以搞采摘园，也可以搞生态农家乐。自然，还有他坚持多年收藏的民俗产品、农具系列，以及他在内心里想要打造的一个农村器物博物馆。

老魏地里的作物做出来的馒头、窝头以及煮出来的粥，都是极好的。然而，这样一种好，该如何让更多的人知道，这是老魏接下来要做的工作。

或者说，老魏在埋头种地的同时，还要经营另外一件事情，那就是让更多的人主动到他的地里来，看他地里的庄稼，采摘他地里种植的有机蔬菜和水果。

那么，这就要老魏有一个整体的规划意识，而不只是种了地打了粮，卖了，再投入。需要有一个完整的发展构思，要在诚实的劳作中想到即将到来的生态农业模式。

生态农业一定不只是种植和买卖，它还包括观光、现场采摘、食用，以及升级版的生态农业旅游项目。这是我们几个人给老魏的规划。

　　老魏有过这样的想法，但是这些想法并不明朗，甚至步骤也不清晰。这一次，我们在他家里一边吃着他妻子做的手工馍，一边努力地给他出着各种可行或者不可行的主意，让他接下来的思路有了参照。

　　生态观光农业在城市的近郊早已经是常见的经营方式，每一年春天，观光农业的广告充满城市的电梯视频和公交车。当地政府以及企业，合力打造一些主题旅游活动，既是一种买卖行为，同时也是一种新的生态产品的推广方式。

　　那些草莓音乐节的背后，是一场草莓采摘的市民狂欢。还有春天的油菜花地旅游，以及秋天的红叶节，背后都有着应季农业产品的促销。

　　像老魏这样的生态农业的操持者，仍然采用旧式农耕文明的方式，自然是吃亏的。他父母因为吃了有农药残留的食物中毒住院，他发誓开始搞生态农业的故事，是一个让人相信且感动的开始。但是，该如何让这样地处偏僻的滑县乡村的生态农田被更多的人注意到，是老魏个人所要面对的问题，同时也是他给这个时代提出的问题。

　　离开滑县时，获赠丁拥士兄的手工挂面几包、老魏的生态杂粮几包。回到家里，我专门对妻子说，那几包杂粮我们煮粥喝，喝的时候要告诉我一下，我要细品一下这些杂粮的味道。因为，我不但和这些杂粮的主人一起吃了饭，还到这些杂粮生长的地里去割了几垄麦子，所以我和这几包杂粮有了亲戚关系，在吃的时候，我才会有更加深刻的记忆。

让每一个购买杂粮的人有一种参与感，我个人觉得，或许这将是生态农产品的一个出路。究竟如何让客户参与到自己的种植与收割中来，即使不在生活中实际参与，哪怕在生态农产品种植的过程中让某些消费者提前认养一垄麦子，或者是认养三株苹果树，这样的做法，或者更有趣味。

而这样的趣味，一定会让生态农业快速地走进每一个消费者的朋友圈以及他们与朋友交流的话题当中。只有让自己的产品在别人的口中传说，才是最好的推广。

所有这些，对于老魏来说，可能有些距离遥远，甚至有些不切实际。然而，这样的思路可以催生其他更适合他的生态农田的策略。只有让这些有着良好品质的农田被更多的人知道，这些产品的价值和价格才能大于实际的付出。

希望老魏的彩色麦子能成为一个让当地政府去推广的名片，成为一个既造福于人类健康，又能改变老魏个人命运的一个好的农产品。那样的话，他之前所有的付出，便都有了价值和意义。

第八章　乡愁是迷人的

一

现在的机器设备已经精细到什么程度了呢？精细到一粒麦子在面粉加工机器里被瞬间切成五截儿，然后，麦粒的头部和尾部被加工成一种含筋量低些的面粉，而麦粒最为中间的部分被加工成为高筋面粉，剩余的那两截差不多便是做手工空心挂面所需要的中筋面粉了。

一粒麦子被切片分析，这样的想象既有技术的准确，又让人感觉像是一种纯文学的描述。在庞大的面粉加工设备中终于远离了土壤、空气和鸟鸣，在此刻成为一种实用的被加工对象，它可以被分解为几种面粉，然后被装到标准的面粉袋子里，不久便被运到全国各地，甚至是全世界。

被机器设备加工的麦子是没有乡愁的，因为它们失去了身份感，它们被标准化。

乡愁是一种什么样的心绪呢？很难准确地称量。乡愁是轻的，轻如流水的声音，或者是麦田里的几声欢笑。而乡愁又是重的，沉重到一粒麦子便可以压垮一家人的身体。那些忙碌不堪的夏天并无多少诗意，苦难累积出来的收获仅仅够喂饱我们的半个童年，那半个呢，正饥饿地在田野里奔跑，寻找野果子。

然而，乡愁就诞生在这种有些酸涩的语境里。那些汗水湿透了的日子，那些收割、播种，以及在泥土里埋下的种种幻想，被时间晒干，成为扁平的一些名词，变成了父母口中的"收秋时"和"夏忙时"，成为一种食物煮熟时的味道。

这些乡愁的分类分别是：泥、锄头、打磨、收割、堆积、炊烟、盛开、捡拾、成群结队的吼叫、劳作、不堪、欢喜、尘埃、戏剧、冰棍、露天电影、河流洗去的争执……还可以再列举下去，几乎每一项劳作都是一节又一节教育课。

那些农活儿让每一个孩子懂得了温饱来自付出汗水，这种自然主义的教育，那么妥帖，那么确凿。

食物是乡愁的来源。每一次看到手工做的馒头，便会想到母亲在厨房里忙碌的身影。不论我在城市生活多久，这些乡村记忆都不会减少。它们像是被压制好了的标本，就储存在我记忆的某个抽屉里。

这样的抽屉里一定还存着一碗手工面条,一碗玉米糊。

当然,还有冬天的月光和夏天的狗叫声,有慢的一切,包括时间,包括流水的速度,鱼的样子,以及我们永远也走不出的乡音。

故乡分配给每一个人的东西都是相似的,食物塑造了我们,也拘囿了我们。食物温暖了我们,也占有了我们。

每一个从乡村走到城市的人,首先要战胜的是乡村塞给我们的胃部的记忆,这些记忆便是乡愁,它们顽固,而且充满了我们记忆的角落。这些乡愁,通过我们和食物之间建立起来的关系,抵制着其他我们并不熟悉的食物。我们被这些乡愁捆绑着,我们依赖这样的乡愁,我们喜悦于这些熟悉的味道,就像依赖父母亲对我们的爱一样。

多年以后,我上了电视,说着普通话,介绍一个叫鲁迅的作家。我的那些乡下的亲戚,都在电视里看到了我,他们在春节的时候见到我,说的第一句,竟然是,你的口音是改不了了,不论你怎么说普通话,最后一个字的音儿仍然是我们老家的话。

他们所描述的这些,我当时并没有感觉,因为我根本听不到自己的声音。在很多时候,我和我的声音是分开的。而不论我离开家乡多久，走到南方或者抵达更北方，走到长江，走到南海，不论我如何修正我所使用的词语，不论我如何吸纳别处的阳光、接受另外的审美，我的声音还是会出卖我，只要我开口，那些被乡村生活滋养过的我的童年，以及童年时所形成的一切，便都在我的声音里表述出来。

这便是磁场的力量，自然这也是乡愁的力量。

乡愁与其说是一碗面、一声对父母的简称、一次带着友人回到我们家乡的旅行，不如说是一种磁场和烙印。乡愁不全是正面的，它也包括故乡的遗失和退步。

乡愁里有我的亲人，我的父亲、我的母亲，以及我的哥哥。也有我的乡村和邻居，不论离我多远，它们都在塑造我。

一想到他们所关心的事情，那么我的世界便被平均。我是由我的现在和我的过去组成的。同样的道理，他们也是由他们的现在和他们的过去组成。而我的过去和他们的过去是在一起的，是的，这无法回避。我的过去和他们的过去像一团泥巴一样。可以说，我最为无知的童年是叙述的一种侧面，也掌握在他们的叙述里。这种像逻辑数学一样清晰的关系，佐证了我和故乡的关系。

有时候，也会庆幸我对故乡的摆脱。是的，离家乡的距离越远，越能看清楚那种束缚。我曾经在很多篇文章里赞美过我的家乡，中间有几年的时间，我真想给过去的自己写一封信，收回某些赞美。尽管，我知道，在过去的某个时刻，我的赞美也是真诚的。

我为什么想要收回我的赞美呢？其实，家乡并没有大的变化，那些世俗的、庞大的乡情，以及并不让人愉悦的势利，都在我的记忆里盘踞着。只是，在很长一段时间，我并没有意识到它们的存在，又或者即使我意识到了它们的存在，但是我会说服自己，去适应，甚至包容这样的不堪。

我想收回我的赞美，至少说明了我对家乡的背叛。我想用这样的背叛来说明，我已经有了独立的人格。差不多，这种收回是一种修改自己履历的意味，是想要在自己过往的表格里涂掉一些什么，从而增加一些什么。

然而，又过去了这些年，这些不堪尽管在我的眼里已经非常的清晰、量化，甚至扩大了它们的触角和范围，然而我却没有再过度地去渲染它们、仇恨它们。不是我变得混浊了，而是我理解了我个人的来源。我就活在这混浊的边缘。我的正确里也包含着我对我的来源的认识。还有，便是我所要批判的事实，并不是一个又一个百分之一百的独立的错误，它们和熟人社会的各种规则融化在一起，我要批判的是人性中的部分混沌且暧昧的东西，而不是全部。

厘清这些如同细胞一样的认识和判断，耗去了我无数的时光。我从当初那个迷糊的青春期少男，到如今已经人近中年，本能地，我亲近一切和我的故乡接近的食物。这些食物是没有人情世故的自然和风物，它们负责教育我，让我在遥远的城市居住时念起故土人情的温暖。

我与故乡的关系仿佛在自己的内心终于缓和了。我不再是那个不懂事的年轻人，我有了克制，有了自己的选择，也有了感恩与宽容。

只有在这样的语境下，我说出来的话才可信，而我对故乡的想念才真挚。

二

去年深秋，带一群友人回我的老家，去了一个亲戚的红薯地里。已经下了霜，红薯的叶子被霜打过，像是一群失恋了的鸟儿，沉默，低调。

我的老宅里住着邻居，然而邻居去地里干活儿了，我们进不去宅院，那院子里有我全部的童年。进不了，那么我就没有办法打开来给友人们看。

　　在那院门口站了一会儿，有邻居过来，用我的家乡话说几句，这样我彻底回到了我的村庄。不仅仅是语言，还有身体和思想。

　　一个有趣的事是，我需要和邻居们说话，我的身体的磁场才借他们的问话，彻底摆脱城市的逻辑。我进入他们的关心里，和他们聊起熟悉的人最近几年的变化，以及住在我们院子里的邻居今年种了什么庄稼，为什么这个时候去地里干活儿。

　　农民是不可能在家里悠闲地生活的，除非是冬天，大雪将大地冰封，强行让农民们休息，不然的话，只要有空闲，那些人必然会到地里去转一圈。他们要观察庄稼的变化，包括庄稼的表情，看它们是不是有了心事，是不是被虫子侵扰，是不是需要施肥……

　　一个不常去地里看庄稼的农民自然是不合格的，而去地里看庄稼，有时候并不干活儿，只是去看看，守着自己的田苗，和邻居说说闲话。那些田苗听到了，仿佛就有了生长的动力。

　　带着几个城市的朋友回到我的村庄的时候，我感觉到了，那些住在村子里一辈子也不离开的乡邻、妇孺，其实都是一株一株的庄稼，他们是故乡的证物和药引。

　　只有在这些乡邻面前，我才能真正地取到记忆的密码，回到我的旧时年华。而我与故乡的关系，正是从旧年月那具体的食物、月光和路上遇到的猪马牛羊所构成。

我没有办法向我的友人介绍这些乡邻，因为他们并不关心这些邻居在我的成长过程中有什么样的细节。我也没有办法向我的友人介绍我们村子里的树和牛羊，因为树大多已经不是我幼年生活时所看到的树了，牛羊更是。我能向他们介绍的是什么呢?

是食物。

一碗面，一碗不同形状的面，不同食材的面。一碗面里装着我的过去，也装着这片土地上的审美;一碗面是法律，也是文明，是秩序，也是欢娱。

还有红薯，还有花生、大豆，还有呢，还有泥土里长出来的一切。这既是我的世界，也是我的食物。对于一个有着食物记忆的人来说，幼年的食物差不多是一种教育。甜的教会我们微笑，咸的教会我们愤怒，凉的教会我们在河流里洗去灰尘，而加工食物的过程则让我们知道，所有我们食用的东西都会和我们收割的庄稼不同。这个世界用食物的形状告诉我们世界的真相。真相是什么呢? 是我们最终所看到的所能享用的东西，都是对世界的再次理解。

我试图想要去探索清楚，为什么在童年时吃下的这些东西便会成为印记，成为以后更多的光阴都要去想念的食物呢? 无解。有很多生命本源的东西，和是非对错无关，和丰富与贫乏无关，只是记忆。那么，成年以后，当我们物质丰富了，为什么总会想念旧有的食物呢？那些食物有时候只对自己有效，又或者只对自己生活区域的人有效，对其他地域的人来说，看起来像"狗屎"。

进入城市以后，我被各种各样的新闻、面孔、事故以及食物拓展，我成为我自己的陌生人，我变成了两倍的自己、三倍的自己、四倍的自己、五倍的自己、六倍的自己、七倍的自己、八倍的自己、九倍的自己……而这些积累，多是和判断有关，和见识有关。至少，在食物的选择上，不论我多么标榜自己是一个喜欢吃各种食物的人，可是只要有馒头这个选项，我会立即放弃米饭，只要有面条，我都想尝试一下。

我是在每一个馒头里找寻我自己，也是在每一根面条里找寻我自己。

我并没有如愿。我和故乡的关系有时亲近，有时疏远，但丝毫没有影响我对家乡食物的依赖。每一年春节回到家里，吃母亲做的饭菜，我都会长体重，这就是最好的证据。不管我多么节制，我的身体里就像有无数个黑暗的入口，每一个入口打开以后，都可以将我的认知模糊，将我拉回到十岁，拉回到十四岁，拉回到我的青春期。在那样的时光里，我的视野狭窄，我只爱我看到的一切，哪怕是虚假的。我只爱我吃过的一切，哪怕别人的世界里有更多好吃的。

想想，这便是食物带给我的狭隘，也是食物带给我的富裕。

三

到了一定年纪，故乡带给我们的东西会越来越少，直至消失。

如果我们离开故土，那么许多恒定的东西都会被外在的世界所印证，要么打破，要么扩充，要么就直接被质疑。那些起源于故乡的价值判断，总会遇到陌生的事与人，让我们不知所措。该如何扩展呢？我们自然会想起在故乡时的做法。这就是一个人一生不断地回到故乡的原因。不是我们的身体，是我们的思想，我们的认识。

故乡用食物绑架了我们的身体记忆，一直到多年以后，我们才会理解，为什么有些并不完美的食物却牢牢地占据我们内心对世间所有味道的判断。

相当长的时间，我把这些食物归结为我们对母亲的依赖。

后来，我有了更多地域的行走，吃了更多类型的菜肴和汤水，我把这种对故土食物的依赖归结到生理的惯性以及血液的根本。最开始我们的身体运行生命本源的时候，我们的身体里吃到了什么，那么这些食物便是我们身体的密码。

再后来，我放弃了探究我与故乡的暧昧关系，我甚至觉得，每一个人的生命元素中最初的那些记忆都是种子。注定我们与其他人不同，是因为我们对世界的理解在一开始的时候，便有了细微的区别。那么，有了这样的妥协，我基本上不再纠结故乡食物对我们成长和认知的阻碍。是的，不论我们后来变成了什么样子，给予我们生命最初形态的食物，并没有错。

错的是什么呢？是故土的狭隘。食物不会强迫我们表态，食物不会主动要求我们必须热爱故乡的食物，是故乡的人、故乡的一种自卑的同理心在这样要求。

我见过无数个痛恨自己故乡的人，他们逃离故乡，杜绝食用故乡的食物。事实上，他们痛恨的是一种单一的食物侵害。故乡的食物有很多种，他痛恨的是在他需要食用的时候，因为短缺而只能选择某些特定的食物。而在这样的语境下，食物其实是无辜的。比如，自从我记事以来，从未见我的母亲吃过红薯。她说，就算那红薯再好吃，她也一看到就想吐。在她成长的某段时间里，只能吃红薯，这样的饮食记忆伤害了她。哪怕我的母亲识字不多，根本不会对"故乡"这样的字眼发表任何观点，然而她确定是不能吃故乡的红薯的。

这样的生命记忆差不多是一种比喻，故乡的美好一定包含着丰富和多样的记忆供给，而不能只是一种单调且不能质疑的食物。

我也曾经痛恨过一些故乡的食物。比如，我曾经很反感红薯叶子，因为母亲在每年相当长的时间，煮面条的时候都会用红薯叶子代替青菜。那时候，我们家的猪、羊和我们一样，也是吃红薯叶子。虽然我们尚没有比较的意识，但是在我幼小的记忆里，总觉得我们每一天吃猪和羊都吃的红薯叶子，这也不是什么骄傲的事。

所以，我经常会要一些小聪明。比如，在母亲不注意的时候，我会将母亲已经洗干净了要下锅的红薯叶子转眼就扔到羊圈里，让羊吃掉。那一天，母亲并没有吵我们，我不确定她是不是看到了我干的坏事，但是，那天中午我们吃到了炒鸡蛋，这就是我最初对反抗的理解。是的，食物不会约束我们，相反食物会提醒我们，让我们有反抗和选择的能力。

自然，故乡还意味着疼痛与抚摸。那些浓稠的黑夜，那些重复的鸟叫，那些让人无法忘记的饥饿与寒冷，都是故乡刻在我们身体里的刀痕。

一度，故乡的主角是母亲，或者说是母亲的食物。而后来，随着父母离开家乡，故乡正变得模糊，模糊成地图上的一个地点，模糊成籍贯填写时的地名。

每一个成年人，在说起故乡时，大多指向自己的记忆，只有在有共同记忆的人面前，故乡的描述才可信。而当我向城市里的友人描述我的故乡时，我常常觉得一片空茫，是的，参照丢失。我的故乡那么庞大，它们储存在我的味觉里、听觉里以及我的内心里。该如何简化故乡，又该如何准确地将这些内容剥离、挑拣，最后成为几个光亮的词语？

我并不喜欢简化，我总觉得准确一定意味着驳杂。

我的故乡仿佛和我的现在没有关系。在我的意识里，十八岁出门远行，一个成年人的身体游走于各个地方，那么故乡便停在了早年的记忆里。

故乡只属于童年，成年以后人只有精神的故乡，没有身体的故乡。因为，成年以后，人的身体便有了多面性，可以接纳故乡以外的所有地域。

我的故乡其实就是幼年时的村庄，是村庄的万事万物，是村庄里的每一个人，村庄里的每一条路。

我的故乡不只是节日和庄稼，还有一个又一个院落里冒出来的炊烟，以及炊烟里传出来的每家每户的饭菜的味道。

故乡总会从热闹的生活现场回到食物里，回到厨房，回到一碗面条里。

有时候，我会用想象描绘我少年时的村庄。如果烧火做饭，全村的人差不多都同时进行。如果说在中午的时候吃面条，那么全村的人，你进入任何一家，母亲都在案板上擀面条。

有一天在吃饭的时候，我跑到对门的赵四儿家里，赵四儿的妈妈水生嫂子正在下面条。我又去了西边的邻居桥子哥家，他的母亲菏泽大娘也在下面条。

而我的母亲自然也在厨房里下面条。

最重要的是，我们的父亲差不多同时从南地里锄草回来，甚至他们回到家里所做的第一件事情都差不多。

这样的人间烟火，既重复，又充满了确定性。这样的记忆一点一点地绘出了我的故乡的单调与丰富。故乡那么思路明晰，它们在每天的面条里，在每天的欢喜与悲伤里。

四

那么，我想，我需要重新阐释一下乡愁如何从我的满腹心事中简化成一碗面食。

正如雷平阳在《亲人》中这样写道：

> 我只爱我寄宿的云南，因为其他省
>
> 我都不爱；我只爱云南的昭通市
>
> 因为其他市我都不爱；我只爱昭通市的土城乡

因为其他乡我都不爱……

我的爱狭隘、偏执，像针尖上的蜂蜜

假如有一天我再不能继续下去

我会只爱我的亲人——这逐渐缩小的过程

耗尽了我的青春和悲悯

爱如果越来越狭窄，那么只能说明我们的爱越来越深情。

青春期的爱，泛滥却不执着。那时的我们，热爱眼睛看到的一切，一切颜色，一切声音，一切热烈，一切陶醉。青春的热爱总觉得像是虚拟的，这些欢喜也好，热爱也好，并不落地，停在纸上。词语可以透支，感情随着租住的地址而变化不定。有时候，一场大雪便将之前的愁情烦绪覆盖，诗稿被烟灰烧破，就此散场。

我更信任借助于食物表达的乡愁。所以，乡愁必然会停泊在一些事物上。鸟叫声是靠不住的，因为，我们在深夜的时候，只听流行音乐。

故乡如果在一开始的时候是一个村庄的名字，后来便成为一个乡镇的名字，再后来是县城的名字，再再后来是城市的名字，再再再后来，我的故乡成为一个省份。

这种变化和我距离家乡的远近有关。在海南岛生活的几年里，我的身份一直是内地人，连河南这样一个省份也被概略了。

相反的是，当我的故乡范围变得越来越大的时候，我想念的事物却越来越少。

当我在小镇上念高中的时候，我的故乡是一个村庄，是一本丰富的地理书，是我的大多数人生内容。而当我到了海南，我的故乡变成母亲的一个电话号码，变成春节时的一张机票，甚至变成春节后返回海南岛时体重的变化。

故乡的丢失和一个人内心的变化有关。如果一个人的精神成长速度过慢，那么故乡便不会丢失，故乡会占据他的内心很久。一个长期依赖故土信息对世界进行判断的人，说到底是一个精神的保守者。不好判断一个保守的人究竟是好还是坏。

但是，世界是变化的。

每一个人都应该扩大自己的认知范围，如果用家乡的一切词语来修饰千里之外的世事，那么我们很容易就会发现语病。

不只是经纬度的变化，温度、海拔、自然风物以及民俗，还有历史的不同。故乡的历史是黄河流过那些土地后书写的历史，我所在的海南，又或者你所在的东北，再或者他所在的西部，这些地域的差异，差不多将故乡的词语全都否定。

那么，这个时候，我们该如何描述乡愁？

我们只能将自己的故乡和他者进行比较，进行梳理，进行交集分析。那些我们最为关切的内容最后剩下了，成为乡愁的重要内容。

首先被抛弃的乡愁是家乡的戏曲，因为这种精神文明在异域缺少共鸣，所以很久也不会与人分享交流，更没有氛围自己独听。渐渐地，这种和冷暖温饱无涉的乡愁内容，被减去了。

其次被抛弃的乡愁是对家乡方言的敏感。离家久了，听到家乡的方言自然会觉得亲切。但是细问之下，才发现我们听到的方言和我们的家乡其实还很有一段距离。我们在异域他乡丢失了方言中更加细微的腔调，那些泥泞里躲藏着的趣味，那些和具体的村庄、亲情相关联的方言俚语渐渐成为多余的人生素材，只有真正回到家乡的村落里，才能具体使用。

再次被抛弃的乡愁部分是方向感。我出生在豫东的几缕炊烟里，在河南，哪怕是汽车过后的尾气，都是有着明确的方向的。在河南任何一个城市问路，回答你的人都会告诉你，是向东还是向西，是往南还是往北。对，如果从一个南方有江河的城市到了北方，那么问起路来会多出许多疑惑。在深夜，如果看不到太阳，一个陌生人很难凭着身体的磁场判断出他所处的道路是南北还是东西。这是历史渊源和地域特征双重文化参照下，形成的结果。在历史上，北方的城市都城多，王公贵族的马车多，那么对道路自然要求是横平竖直、南北分明才行。而南方的城市，大多依江而建，先有码头后有市镇。南方人标注位置，从来都有个人身体的参与，在自己的左手边，就会告诉别人向左走，反之则向右走。由此也可以看出北方地理位置的平坦，如果有山有曲折的河流，那么便不会再向人说东西和南北。同时，也可以看出，南方人因为出生地的方向感不明确，所以反而更信任人的身体，左或者右，差不多是说话的人给出的方向。

虽然只是一个关于问路的简单话题，呈现出的却是南北方的人的生活习性。北方人的方向感和南方人的方向感，差不多是两种不同的话题，几乎没有什么交集。所以，一个北方人到了南方生活，渐渐地会忽略旧有的城市格局，从而放弃了乡愁的东西和南北。

随着时间的叠加，一个远离故乡的人，渐渐丢掉的乡愁内容分别是衣物的色泽、庄稼的生长细节、嫁出去的亲戚的音讯、晚生的孩子的名字、乡村新修的道路的样子以及有了机器以后的食物味道的变化。

乡愁里剩余的东西越来越少了，还剩下母亲用缝纫机砸的花纹好看的鞋垫，鞋垫破了以后呢，便只剩下母亲做的手工面条的味道。

到最后，乡愁一定只剩下我们贴身使用的东西，又或者是可以填充肚子的食物。其他的东西都像是暗夜里的鸟鸣一样，可以飞走，成为寒夜里的一场大雪，无声却足以覆盖世间的真相。

而母亲的那碗面条，从我们记忆深处出发，一岁一岁地长大，永远不会改变。因为我们都清楚，那一碗面，不只是麦子的成长、面粉和水的混合，而是爱的全部，是我们的身体最初的记忆，也是最后的记忆。

每次在文字里写下"故乡"这两个字，那么，接下来我一定会写到面条。每次在文字里写到面条，那么，接下来我一定会写到母亲。

我无法改变这些，就像我无法改变我的出生地一样。

这不是我对乡愁的重复叙述，而是作为一个北方人，关于面食的记忆，它一定来源于母亲，它也来源于慈悲，来源于我们内心深处的寻找和停泊。

2019 年 10 月 16 日